Simone Dark
Verspieltes Glück

VERSPIELTES GLÜCK

SIMONE DARK

Nach einer Idee von Corrado Falcone

RÆTIA

Mit freundlicher Unterstützung der Abteilung Deutsche Kultur
in der Südtiroler Landesregierung

© Edition Raetia, Bozen 2022, Lizenz durch Merfee Film- und
Fernsehproduktions GmbH

1. Auflage
ISBN: 978-88-7283-808-2
ISBN E-Book: 978-88-7283-822-8

Grafisches Konzept und Druckvorstufe: Typoplus, Frangart
Cover: Philipp Putzer, www.farbfabrik.it
Umschlagfotos:
    Vorderseite: Roberto Moiola, Alamy
    Hinterseite: Sigena, Adobe Stock
Südtirol-Karte: Angelika Solibieda
Lektorat: Silvia Oberrauch, Katharina Preindl

Anregungen an info@raetia.com
Unser gesamtes Programm finden Sie unter www.raetia.com

Eins

Vitus Höllrigl zwängte seinen Zeigefinger in die Münztasche seiner zerschlissenen Jeanshose. Mit der Fingerkuppe ertastete er drei Ein-Euro-Münzen, zog sie heraus und ließ sie in die Schlitze der drei Spielautomaten fallen. Wie im Chor ratterten die Walzen, nach einigen Sekunden kamen sie zum Stehen. *Game over*, und noch einmal *Game over*, sagten zwei von ihnen. Der dritte Automat zeigte Erbarmen und spuckte eine Handvoll Münzen aus. Enttäuscht krallte Höllrigl sich den kleinen Gewinn, der gerade mal für ein großes Bier reichte.

Er sah sich in der Bar um, um diese Uhrzeit war hier wenig los. Zwei Männer tranken hektisch ihren Espresso, spülten mit einem kleinen Glas Wasser nach, zahlten und verließen das Lokal. Der Barkeeper war damit beschäftigt, die Spülmaschine einzuräumen und den klebrigen Tresen zu putzen. Über einen kleinen Bildschirm wurde das Pferderennen übertragen, eigentlich völlig unnötig, fand Höllrigl. Schließlich hörte man den echten Lärm der Rennbahn ja bis hierher in die Bar, außerdem ertönte immer wieder die Ansage über den Lautsprecher. Höllrigl hörte nun genauer hin. Ein neues Rennen wurde angekündigt und damit wurde es für ihn Zeit hinauszugehen.

Die Meraner Luft roch nach frisch gemähtem Gras, Pferdemist und Reichtum. Die High Society hatte sich wieder einmal hier am Pferderennplatz versammelt: Louis-Vuitton-Taschen, Kostüme von Prada, Herrenanzüge von Trussardi wurden zur Schau getragen, die Traditionsbewussten trugen Luis-Trenker-Janker, der neueste Tratsch wurde ausgetauscht. Wussten Sie schon …? Haben Sie schon gehört …? Wie dieses Getue ihn anödete. Warum hielten sie nicht einfach ihren Mund, schließlich ging es ihnen ja doch nur ums Geld. Höllrigl stellte sich die Summen vor, die diese Schnösel hier verwetteten. Waren es einige Hunderttausend Euro oder eher Millionen? Wohl eher Letzteres, sie hatten ja schließlich genug Geld auf ihren ausländischen Konten und konnten den Hals doch nicht vollkriegen.

Höllrigl verfolgte das Rennen und blickte immer wieder auf seinen Wettschein. Seine Nummer 19 war zwar für ein paar Sekunden in Führung, doch der Abstand zu den anderen Pferden wurde zusehends geringer. Der Wettschein zitterte ein wenig in seiner Hand, Höllrigl war sich nicht sicher, ob es an seiner Aufregung, dem Alkoholkonsum oder dem leichten Wind lag, der gerade aufkam. Die Nummer 19 hatte es verbockt – auf der Zielgeraden wurde sein Gaul von der Nummer 8 überholt und verlor. Zweiter Platz, dachte Höllrigl, wäre ja auch zu schön gewesen. Er zerknüllte den Wettschein und warf ihn in einen Mülleimer. Immerhin hatte der dritte Automat ihm drei Euro geschenkt, er hatte sie noch immer in seiner linken Hand.

Und seine Armbanduhr hatte er ja auch noch. Die war sicher einiges wert, auch wenn sie nicht mehr die neueste war.

Höllrigl betrat wieder die Bar. Die leicht stickige Luft behagte ihm mehr als die gekünstelte Atmosphäre auf der Pferderennbahn. Er ging direkt zum Tresen und schob dem Kellner wortlos seine Uhr hin, der Barkeeper nahm sie an sich und betrachtete sie kurz. Ohne die Miene zu verziehen, sagte er: „Fünfhundert", mehr sei nicht drin.

Höllrigl hatte Helmut Staffler nicht kommen hören, plötzlich war er wie aus dem Nichts hinter ihm aufgetaucht und hatte die Uhr an sich genommen.

„Das könnte dir so passen, Vitus. Die behalt ich. Als Anzahlung für die Schulden, die du bei mir hast."

Höllrigl drehte sich zu Staffler um, blickte in sein wettergegerbtes, faltiges Gesicht und die schmalen, braunen Augen. Was bildete sich dieser Möchtegern eigentlich ein, sich hier in seine Geschäfte einzumischen? Er griff nach seiner Uhr, doch Staffler schlug ihm die Hand weg.

„Finger weg! Ich könnte die Jungs hier auch daran erinnern, dass du eigentlich Hausverbot hast. Aber so wie ich das sehe, hast du eh keinen Grund mehr zu bleiben."

Damit wandte er sich zum Gehen. Höllrigl ging ihm nach, griff nach seiner Schulter und riss ihn herum.

„Glaubst du, ich bin der Einzige, der hier Schulden hat?", fuhr er seinen Gläubiger an und zog ihn am

Revers zu sich. „Dein Zahltag kommt, Staffler. Und zwar schneller, als dir lieb ist."

Staffler konnte diese Drohung nicht einordnen. Irritiert sah er in das bärtige Gesicht seines Gegenübers und kam nicht umhin, seine Bierfahne einzuatmen. Staffler verzog das Gesicht – was wollte dieser stinkende Abschaum von ihm?

„Uns beide verbindet mehr, als du denkst, Staffler", zischte Höllrigl nun leiser.

Der Versuch, Staffler die Uhr wieder abzunehmen, misslang Höllrigl gründlich. Staffler wehrte sich und schlug zu. Höllrigl verpasste seinem Kontrahenten einen linken Haken, Blut floss aus dessen Lippe. Kaum hatte er sich wieder gefangen, waren auch schon der Barkeeper und ein Sicherheitsmann bei Höllrigl und zerrten ihn zum Ausgang, wo er unsanft auf dem Asphalt landete. Staffler folgte ihnen. Ein paar Spaziergänger waren stehen geblieben und beobachteten die Szene. „Und das am helllichten Tage", entrüstete sich eine Frau, um ihr schönes Meran sei es wirklich schlecht bestellt. Aus den Augenwinkeln erkannte Vitus Höllrigl, wie Staffler sich verächtlich über die blutige Lippe fuhr und die Uhr zu Boden schmiss. Als Höllrigl sie aufheben wollte, trat Staffler auf das teure Stück und zermalmte es mit seinem schwarzen Lackschuh.

Zwei

Sonja Schwarz mochte diesen kleinen, feinen Ort am Haflinger Hochplateau namens St. Kathrein in der Scharte, fernab von den vielen Touristen, die täglich ins beliebte Wander- und Skigebiet Meran 2000 pilgerten, die Innenstädte bevölkerten und für Stau auf den Bergstraßen sorgten. Dann musste sie über ihre eigenen Gedanken lächeln: Sie selbst war ja auch nicht von hier, der Beruf hatte sie von Frankfurt nach Südtirol gebracht. Sie ging ein paar Schritte, setzte vorsichtig einen Fuß vor den anderen, immer darauf bedacht, keine Wiesenblume zu zertreten. Wie wunderschön das Licht der Abendsonne war. Der Himmel wurde glasklar, die Berge um sie herum färbten sich erst hell-, dann dunkelrosa. Oder sollte man es eher pfirsichfarben nennen? Sonja kannte keinen Begriff für diese unnachahmlich schöne Abendstimmung. In der Ferne hörte sie eine Kuhglocke läuten, wieder musste sie schmunzeln, so langsam wurde es ihr fast ein wenig zu kitschig.

Sie ging weiter, betrachtete die Kirche St. Kathrein, die hier schon seit vielen Jahrhunderten stand. Hatte sie nicht kürzlich erst von der Sage gelesen, die diese Kirche umwob? Angeblich wollten die Bewohner damals hier auf dem Plateau eine christliche Kirche errichten lassen. Zwei Riesen hatten sich angeboten, ihnen die Steine für den Bau zu beschaffen. Allerdings waren die Riesen keine Organisationstalente und wollten zugleich die Kirche im nahe gelegenen Langfenn bauen. Das Problem: Die beiden Riesen besaßen nur einen einzigen Hammer und den mussten sie notgedrungen teilen. Wie es sich für Riesen gehörte, entbrannte um den Hammer dann ein wilder Streit, sodass der Baumeister von Langfenn einen Felsen aufhob und diesen bis nach Hafling warf.

Plötzlich wurde Sonja aus ihren Gedanken an die streitenden Riesen gerissen. Vor ihr stand Riccardo Riello, mit dem sie sich hier verabredet hatte. Der Anblick der Natur hatte sie alles andere vergessen lassen. Vielleicht, dachte Sonja sich, sollte sie viel öfter hierher nach Hafling kommen und an zwei streitende Riesen denken.

„Was ist los?", fragte Riello sie unumwunden.

Riello war im Laufe der Dienstjahre bei der Bozner Polizei wie eine Konstante für sie geworden. Damals, als die Ermittlungen sie ins süditalienische Bari geführt hatten, war sie ihm zum ersten Mal begegnet. Er hatte sich als Taxifahrer ausgegeben und sie zunächst bei der Suche nach ihrer Ziehtochter Laura tatkräftig unterstützt. Dann hatte er sie verführt, verwöhnt und zuletzt zu ihrem eigenen Schutz vor der Mafia bei sich zu Hause eingesperrt. Erst spät hatte er zu erkennen gegeben, dass er als verdeckter Ermittler arbeitete. Ihre Gefühle für Riello waren zwiegespalten: Er machte

Sonja rasend, jedes Mal, wenn sie ihn sah, stieg Wut in ihr hoch und sie wollte ihn am liebsten zum Teufel schicken. Gleichzeitig war die Anziehung zu ihm so heftig, dass sie sich ihm kaum zu entziehen wusste. Sonja blickte ihm fest in die Augen. Es war an der Zeit, Klartext mit ihm zu sprechen.

„Ich wüsste gern, wie weit du noch gehen willst für deinen Plan. Hat dein Versuch, die Vorsitzende des Ausschusses zu verführen, um sie dann zu erpressen, nicht geklappt?"

Riello sah kurz zu den Bergen hinüber, die nun langsam eine dunkelblaue Farbe annahmen.

„Sonja, ich muss da mitspielen, um Michele Lagagnas Vertrauen nicht zu verlieren. Das geplante Pumpspeicherkraftwerk ist für die Mafia eine perfekte Geldwäscheanlage. Wenn die Bosse ihre Millionen schicken, wird unsere Falle zuschnappen. Das wird ein Schlag der Antimafiabehörde gegen das organisierte Verbrechen, wie es ihn bisher noch nicht gegeben hat."

„Und das rechtfertigt, immer mehr Menschen in Gefahr zu bringen?"

Riello hatte es wieder einmal geschafft: Sonjas gute Stimmung hatte sich innerhalb weniger Sekunden in Wut verwandelt. Sie musste sich zusammenreißen. Sie zeigte ihm die Tageszeitung, die sie noch immer in ihrer linken Hand hielt.

„Hier, das ist die Vorsitzende des Ausschusses, der letztendlich entscheidet, ob man das Pumpspeicherkraftwerk bauen wird, Maria Senoner. Sollst du jetzt vielleicht ihre Kinder entführen? Hat Lagagna dir das als Nächstes aufgetragen? Würde mich ja nicht wundern."

„Nein, natürlich nicht", antwortete Riello. „Sonja, ich verstehe, dass du Lagagna das Handwerk legen willst, aber das ist eine von langer Hand geplante Aktion der *Direzione Investigativa Antimafia*. Wenn du dich da einmischst, wirst du Ärger mit Rom bekommen."

„Damit kann ich leben. Aber nicht damit, dass hier unter dem Deckmantel einer verdeckten Ermittlung Straftaten begangen werden. Mir egal, was für Anweisungen du aus Rom bekommst oder was du glaubst tun zu müssen, um weiter das Vertrauen der Mafia zu haben. Du bist trotzdem immer noch Polizeibeamter und du stehst nicht über dem Gesetz."

Drei

Edith Höllrigl war sauer und gestresst. Sie hatte sich auf ihren Vater verlassen und dieser hatte sich nicht an ihre Verabredung gehalten, Felix von der Schule abzuholen. Das war sonst überhaupt nicht seine Art. Ihr Vater liebte Felix und war sonst immer gern dazu bereit, sich um den Buben zu kümmern. Natürlich wollte sie ihn nicht zu sehr beanspruchen, doch dieses Mal hatte sie wirklich keine andere Wahl gehabt und auf ihn gezählt.

„Mama!", hörte sie ihren Sohn rufen, der heute seinen siebten Geburtstag feierte. Ohne ein Wort zu sagen, drehte sie sich zu ihm um, sah, dass er bei ihrem schnellen Schritt zurückgefallen war. Es brach ihr das Herz, dass er nicht wie andere Kinder neben ihr herspringen konnte. Sie lächelte sanft, ging zu ihm zurück und nahm seine Hand. Dann ging sie langsam mit ihm durch die Bozner Altstadt. Bei einem Spielzeugwarenladen blieb Felix stehen und betrachtete fasziniert die ausgestellten Baukästen, mit denen man Raumschiffe und Feuerwehrautos zusammensetzen konnte.

„Weißt du, was Opa mir versprochen hat? Ein Geschenk, mit dem ich um die ganze Welt reisen kann!", sagte er laut.

„Opa und seine Versprechen. Mir hat er versprochen, dass er dich von der Schule abholt", entgegnete Edith und zog Felix weiter, bevor dieser sich in ein neues Spielzeug verlieben konnte.

Keine zehn Minuten später standen Edith Höllrigl und Felix vor der Werkstatt für Holzschnitzarbeiten, die ihrem Vater gehörte. Ihr Ärger war verraucht, in Zukunft musste sie sich eben anders organisieren. Irgendwie würde sie es schon schaffen, sie hatte bisher alles hinbekommen, egal, wie kompliziert ihr Leben sich gerade gestaltete. Felix betrachtete das kunstvoll gestaltete Holzschild, auf dem auch sein Nachname zu lesen war: *HÖLLRIGL*.

Edith Höllrigl bemerkte erstaunt, dass die Tür nur angelehnt war. Sonst schloss ihr Vater doch immer die Tür, egal, ob er im Haus oder in der Werkstatt war.

Mit einem unguten Gefühl durchquerte Edith Höllrigl mit ihrem Sohn an der Hand den Eingangsbereich der Werkstatt. Felix blieb abrupt stehen, er hatte sein Geschenk entdeckt und sah es mit großen Augen an.

„Papa!", rief Edith.

Sie bekam keine Antwort und rief erneut nach ihrem Vater. Inzwischen hatte Felix sich über das Geschenk hergemacht und angefangen, das Papier wegzureißen. Eigentlich hätte sie ihn zurechtweisen sollen, doch die Sorge um ihren Vater war größer. Sie ging allein weiter bis zur Werkstatt, machte die Tür auf und erschrak furchtbar: Regungslos fand sie Vitus Höllrigl dort liegen, auf seinem Hemd hatte sich ein riesiger dunkelroter Fleck gebildet. Neben ihm lagen ein blutiges Schnitzmesser und ein Handtuch, ebenso blutgetränkt wie das Hemd ihres Vaters. Edith Höllrigl konnte einen Schrei unterdrücken, presste ihre Hände vors Gesicht und schlug die Tür zu. Ihr Herz pochte bis zum Hals, ihr wurde übel, kalt und schwindlig. Sie suchte nach Halt, fand einen alten Stuhl und wählte mit zitternden Händen den Polizeinotruf.

Vier

Sonja Schwarz betrat den Tatort, der sich in einer kleinen, versteckten Straße der Südtiroler Landeshauptstadt befand. Höllrigls Werkstatt, in der die berühmten Krippenfiguren entstanden, zeigte sich in einem heillosen Durcheinander: Überall standen Farbtöpfe, lagen schmutzige Wischlappen, Pinsel, Sägen und Schnitzwerkzeug aller Art herum. Es roch nach einer Mischung aus Staub, Lösungsmitteln, Farbe und frisch geschnittenem Holz. Aus Versehen stieß Sonja gegen ein heruntergefallenes Holzscheit und widerstand der Versuchung, es mit dem Fuß wegzuschieben.

„Was haben wir?", fragte sie ihren Kollegen Peter Kerschbaumer, der bereits begonnen hatte, Spuren zu sichern, und die ersten Beweismittel gesammelt und dokumentiert hatte. Solange sie denken konnte, war Peter immer als Erster am Tatort gewesen. Sie schätzte den erfahrenen Kollegen sehr, vor allem auch, weil er hier wirklich jeden zu kennen schien. Sonja hatte noch keinen Fall erlebt, bei dem er ihr keine Insiderinformationen hätte geben können.

„Der Mann heißt Vitus Höllrigl, ist zweiundsechzig Jahre alt. Gestorben an einer Verletzung im Brustbereich. Das war scharfe Gewalt."

Sonja sah sich weiter um. Auf einem Regal standen fertige Krippenfiguren in Reih und Glied, es schien fast so, als lebten sie in einer anderen Sphäre und überblickten das Chaos in der Werkstatt mit einem seligen Lächeln.

„Schon meine Eltern haben Höllrigl-Figuren gesammelt. Für die Weihnachtskrippe", erklärte Peter.

Sonja erkundigte sich nach dem Todeszeitpunkt. Laut Rechtsmedizin, sagte Peter, sei der Tod am heutigen Morgen zwischen sieben und neun Uhr eingetreten.

Sonja sah zu Jonas Kerschbaumer hinüber, ihrem jüngeren Kollegen. Jonas war Peter Kerschbaumers Sohn, beide waren Polizisten und zudem in derselben Abteilung beschäftigt. Zwar waren die beiden nur selten einer Meinung, doch die Zusammenarbeit mit ihnen klappte erstaunlich gut. Jonas kniete und betrachtete eingehend das Schnitzmesser mit der scharfen, blutverkrusteten Klinge, das neben dem Toten lag. Er deutete auf das blutverschmierte Handtuch.

„Seltsam, oder?", sagte er und runzelte nachdenklich die Stirn. „Sieht so aus, als hätte das jemand als Druckverband benutzt, um die Blutung zu stoppen."

Höllrigl selbst konnte es nicht gewesen sein, bemerkte Peter. Schließlich hatte er kein Blut an den Händen. Sonja betrachtete die blauen Flecken im Gesicht des Toten und die Abschürfungen an seinen Händen.

„Sind das Kampfspuren?", fragte sie.

„Vermutlich."

„Wer hat ihn gefunden?"

Peter erklärte ihr, dass Höllrigls Tochter Edith die schreckliche Entdeckung gemacht hatte. Sonja wollte direkt zu der Zeugin in die Wohnung gehen, als ihr Kollege sie darauf hinwies, dass sie ihren Sohn dabeihatte, der heute seinen siebten Geburtstag feierte. Das arme Kind, dachte Sonja, und es ist nicht mal klein genug, um den Vorfall gleich wieder zu vergessen.

Fünf

Edith Höllrigl empfand in diesem Moment, als sie ihren weinenden Sohn auf dem Schoß hielt, gar nichts. Mechanisch wiegte sie ihn hin und her, strich ihm über das Haar und machte immer wieder leise: „Sch, sch, sch." Sie fühlte sich leer und wie in einem dichten Nebel, völlig desorientiert. Als sie ihren Kopf zur Seite drehte, fiel ihr Blick auf einen Brief der *Banco Isarco*. Sie schaute kurz zur Tür und ließ den Brief in ihre Handtasche gleiten. Wieder fuhr sie Felix übers Haar und versuchte, ihn zu beruhigen. Er schniefte.

Sonja betrat Höllrigls Wohnung. Die Unordnung seiner Werkstatt setzte sich fort, nur dass es hier nicht nach Farbe und Holz roch. Sonja betrachtete die Küchenmöbel, ihr Holz war mit der Zeit und der Sonne, die durch das Fenster hereinschien, dunkel geworden. In der Spüle stapelte sich ungewaschenes Geschirr. Als sie einen Schritt zur Seite machte, wäre Sonja fast auf ein Spielzeugauto getreten. Anscheinend war Höllrigls Enkel oft hier gewesen. Auf dem Küchentisch türmten sich Zeitschriften, auf denen Pferderennen abgebildet waren. Es waren Wettzeitschriften. War er spielsüchtig gewesen? Zwischen den Magazinen lugten Flyer und Ergebnislisten von Pferderennen hervor. Hier und da lag ein ungeöffneter Brief. Sonjas Bauchgefühl sagte ihr, dass der Mann Schulden hatte. Sie näherte sich der Wand hinter dem Tisch. Hier hingen Bilder, die sicher der kleine Felix gemalt hatte, und einige Fotos des Jungen.

„Hallo, Felix. Ich bin Sonja. Du hast heute Geburtstag, richtig?"

Felix sah Sonja mit verweinten Augen an und nickte. Dann schaute er unsicher zu Peter hinüber und fragte Sonja:

„Bist du auch von der Polizei?"

„Ja, das bin ich. Und wir werden alles tun, um den zu finden, der deinem Opa wehgetan hat. Versprochen. Frau Höllrigl, wo wohnen Sie?"

„Außerhalb von Bozen. Etwa zwanzig Minuten mit dem Bus."

Sonja bot Edith Höllrigl und ihrem Sohn an, sie nach Hause zu fahren. Edith nickte und sagte leise Danke. Sie setzte ihren Sohn ab, nahm ihre Tasche und sie verließen gemeinsam die Wohnung. Gerade als sie aus der Tür traten, wurde Sonja plötzlich zurückgerissen. Felix war gestolpert und hatte sich mit seinen kleinen Händen an ihrer Lederjacke festgekrallt.

Sechs

Maria Senoner wartete den Wortschwall des Dr. Freuberg ab und betrachtete genervt das Monument vor dem Südtiroler Landtag in Bozen. Es stellte einen Ritter im Kettenhemd dar, der einen König in die Knie zwang und seinen Kopf niederdrückte. Eindeutiger hätte man die Anarchie nicht darstellen können, schoss es ihr durch den Kopf. Dr. Freuberg hatte seinen Monolog beendet, Maria Senoner nutzte die Redepause, um ihm harsch zu widersprechen:

„Nein, Herr Dr. Freuberg! Offensichtlich ist sich nicht jeder der ökologischen Folgen für die Region bewusst."

Wieder setzte der Mann am anderen Ende der Verbindung zu einem Monolog an und sprach ohne Punkt und Komma weiter. Maria Senoner konnte nicht mehr, nein, sie wollte nicht mehr, sie war es leid, ewig kontern und diskutieren zu müssen.

„Das Gutachten ist seit Tagen überfällig", zischte sie ins Telefon und ging an dem Monument vorbei in Richtung Eingang des Parkhauses, das sich unter dem Landtag befand. „Wir stehen kurz vor der Abstimmung über das Kraftwerk und … aber ich habe mich auf Sie verlassen … ja, ich bitte darum", sagte sie gereizt und ohne ein letztes Grußwort tippte sie auf den roten Button ihres Mobiltelefons. Als sie es wegstecken wollte, flog ein alter Kassenzettel aus ihrer Hosentasche, sie versuchte noch, ihn einzufangen, doch der allabendliche Wind war schneller als sie. Sie blickte auf und erschrak. Vor ihr stand Riccardo Riello. Nun bloß keine Schwäche zeigen, sagte sie sich. Hör dir erst mal an, was er will.

„Herr Riello, was führt Sie zu mir? Noch ein Erpressungsversuch?"

Wie sehr sie sein selbstgefälliges Grinsen hasste. Als sei es erst gestern gewesen, konnte sie sich an ihre erste Begegnung erinnern. Riello hatte einen Fahrradunfall inszeniert, um an sie heranzukommen. Dabei hatte er sich ein paar kleinere Schürfwunden zugezogen. Bei einem gemeinsamen Aperitif hatte er ihr weismachen wollen, dass er ein IT-Experte aus Rom war, der ein Programm schrieb, mit dem der Einfluss des Klimawandels auf die Meeresströmungen berechnet werden sollte. Dass sie nicht lachte. Maria Senoner hatte den Braten gleich gerochen und die richtigen Vorkehrungen getroffen: In einem Hotelzimmer hatte Riello versucht, sie zu verführen – wohl, um sie mit ihrem Fehltritt zu erpressen. Doch sie war schlau genug gewesen, zwei Beamte der Antikorruptionsbehörde zu ihrem kleinen Stelldichein einzuladen. Nachdem die Beamten seine Personalien kontrolliert und festgestellt hatten, dass er für die Mafia arbeitete, wollten sie ihn festnehmen. Dann erst hatte Riello sich als verdeckter Ermittler der *Direzione Investigativa Antimafia*, der italienischen Antimafiabehörde, zu erkennen gegeben.

„Ich verstehe, dass Sie wütend sind. Aber ich brauche Ihre Unterstützung. Sie sind die Vorsitzende des Ausschusses. Wenn Sie für das Kraftwerk stimmen …"

Das konnte doch nicht wahr sein. Maria Senoner ließ reflexartig ihre Hand vorschnellen. Ausgerechnet sie, die für den Umweltschutz kämpfte und die Spitzenkandidatin der Grünen Partei war, sollte für das im Sarntal geplante Pumpspeicherkraftwerk stimmen?

„Wie wollen Sie mir garantieren, dass Ihr Plan aufgeht? Was ist, wenn Ihre Tarnung auffliegt? Dann verschwinden Sie von der Bildfläche und ich steh als diejenige da, mit deren Stimme dieses ökologisch völlig untragbare Projekt durchgesetzt wurde. Für mich steht zu viel auf dem Spiel, verstehen Sie das doch!", entgegnete sie ihm ungehalten.

Riccardo Riello versuchte, zu Wort zu kommen, doch sie ließ ihn nicht.

„Vergessen Sie's", zischte sie. „Da arbeite ich lieber mit der Antikorruptionsbehörde zusammen. Da wird die Mafia ihrer Verbrechen überführt und die Beamten begehen nicht als verdeckte Ermittler selbst welche."

„Frau Senoner", versuchte Riello es nun noch einmal, „die Antikorruptionsbehörde kann Sie nicht vor der Gefahr schützen, die von der Mafia ausgeht."

Maria Senoner sah ihrem Gegenüber sekundenlang in die Augen. Wollte er ihr etwa drohen?

Als hätte er ihre Gedanken erraten, erklärte Riello ihr, dass er sie nicht bedrohen wollte. „Bedenken Sie aber, dass die *DIA* viel in diesen Plan investiert hat. Nicht, um der Mafia einen Finger von der gierigen

Hand abzuschlagen, sondern den ganzen verdammten Arm. Ich brauche Ihre Hilfe."

Maria Senoner blickte ihn nur starr an. Dann ging sie wortlos an ihm vorbei und drückte auf den Fahrstuhlknopf. Der Aufzug kam prompt, ein paar Touristen stiegen aus, sie stieg ein. Als sie sich umdrehte, sah sie, dass Riello sich keinen Zentimeter bewegt hatte. Dann schloss sich die Stahltür.

Sieben

Edith Höllrigl hatte auf der Fahrt zu ihrer Wohnung kaum ein Wort gesagt. Sonja hatte sie dann und wann aus den Augenwinkeln beobachtet und eine junge, hübsche, aber auch fragile Frau gesehen. Ihr zierlicher Körper bewegte sich fahrig. Sie wollte sie vorerst nicht mit Fragen zu ihrem Vater quälen, sondern ihr Zeit geben, den Schock wenigstens einigermaßen zu verdauen. Felix hatte hinten im Wagen gesessen, ganz ruhig hatte er während der Fahrt aus dem Fenster geschaut und sich an dem Geschenk seines Großvaters festgehalten, als sei es sein größter Schatz.

Edith Höllrigl ließ Sonja eintreten und bat sie in die Wohnküche. Sonja sah sich um, eine Geburtstagstorte stand auf dem Tisch, die sieben Kerzen hatte noch niemand angezündet. Daneben lag ein Bild, das Felix anscheinend angefangen, aber dann doch nicht beendet hatte. *Für Opa* stand drauf. Gleich daneben befand sich ein Stapel Briefe, ganz oben einer der *Banco Isarco*. Sonja sah, wie Edith versuchte, die Post unauffällig verschwinden zu lassen.

Sie begann, Edith Fragen zu stellen. „Hat Ihr Vater von Schwierigkeiten erzählt? Hatte er Probleme?" Edith schüttelte den Kopf und sah zu Boden.

„Er wusste, dass ich dafür kein offenes Ohr habe. Nicht mehr."

„Aber Sie haben ihn trotzdem besucht."

Edith stellte einen Topf mit Wasser auf den Herd. Der Übergang zum normalen Tagesablauf schien ihr in diesem Moment zu helfen. „Ich habe ihm Felix öfter mal vorbeigebracht. Er liebt seinen Opa. Eigentlich hatte mein Vater mir ja versprochen, ihn von der Schule abzuholen."

Sie schniefte und versuchte, irgendwie die Fassung zu bewahren.

„Warum sind Sie so wütend auf Ihren Vater?", fragte Sonja frei heraus.

„Weil er unsere Familie verspielt hat. Im wahrsten Sinne des Wortes. Mein Vater war schon immer ein spezieller Mensch, ein richtiger Künstler halt. Dabei sehr erfolgreich, auch finanziell."

Sonja wartete ab, Edith Höllrigl schien nun ein wenig aus sich herauszukommen.

Sie nahm eine hölzerne Figur in die Hand, die völlig anders als die anderen Figuren war, die Sonja sonst vom Künstler kannte. Viel abstrakter und weniger detailliert, ganz so, als stamme sie nicht von ihm.

„Papa hat geradezu in seiner Werkstatt gelebt. Mich hat das so fasziniert, dass ich unbedingt in seine Fußstapfen treten und sein Werk weiterführen wollte. Also habe ich das Schnitzen gelernt. Aber dann kam der Abstieg. Er begann zu spielen, versäumte Termine, Verträge platzten und letztendlich musste er Konkurs anmelden. Das volle Programm. Unser Traditionsbetrieb stand plötzlich vor dem Aus."

Edith Höllrigl wusch sich die Hände und trocknete sie an einem herumliegenden Küchentuch ab.

„Jetzt verkaufe ich in einem Souvenirgeschäft den Ramsch, den mein Vater früher verachtet hat."

„Was ist mit Ihrer Mutter?"

„Meine Mutter glaubte, dass ihre Liebe ihn retten würde. Aber mein Vater wollte nicht gerettet werden. Ihr letzter verzweifelter Versuch war, dass sie ihm mit Trennung gedroht hat. Und als sie dann tatsächlich gegangen ist, hat Papa sie nicht zurückgehalten. Mit keinem Wort."

Sonja wusste nicht warum, aber irgendwie überraschte sie diese Auskunft. Unbewusst hatte sie damit gerechnet, dass Ediths Mutter nicht mehr lebte.

„Wo ist sie jetzt?"

„Irgendwo an der französischen Atlantikküste. Sie wollte noch mal von vorne anfangen, hat nicht einmal eine Adresse hinterlassen. Wir haben keinen Kontakt."

Was für zerrüttete Verhältnisse, dachte Sonja und empfand einen Moment lang Mitleid mit der jungen Frau, die sicherlich die Unterstützung der eigenen Mutter gebraucht hätte.

„Nicht einmal heute hat sie sich gemeldet, zu Felix' Geburtstag?"

„Ihr Schlussstrich galt leider für uns alle. Sogar für ihren Enkel."

Sonja musterte Edith Höllrigl und machte bewusst eine kurze Pause, bevor sie eine der wichtigsten Fragen stellte.

„Wann haben Sie Ihren Vater das letzte Mal gesehen, Frau Höllrigl? Ich meine lebend."

„Vor drei Tagen. Nach der Arbeit."

„Ohne Felix?", hakte Sonja nach.

„Wir hatten etwas zu besprechen."

„Haben Sie nicht gesagt, Sie und Ihr Vater hätten sich nichts mehr zu sagen gehabt?"

Ein lautes Rumpeln riss Sonja und Edith aus ihrem Gespräch. Edith schenkte der letzten Frage keine Beachtung, sondern stürzte an Sonja vorbei in Felix' Zimmer. Der Junge lag auf dem Boden und hielt sich das Bein. Offenbar war er bei dem Versuch, sich auf eine Art hölzerne Beinpresse zu legen, gestürzt. Edith half ihm auf.

„Alles in Ordnung?", fragte sie ihren kleinen Sohn und strich ihm liebevoll über das kurze, blonde Haar. Sonja sah in sein Kindergesicht, das schon jetzt die Weisheit eines Erwachsenen ausstrahlte.

„Ja, alles gut", nickte er und sagte zu Sonja: „Mein Opa hat immer gesagt, dass ich kräftig bleiben muss."

Dann legte er sich wieder auf das Gerät und begann, seine Übungen zu machen. Offensichtlich litt der Junge an einer Krankheit, die seine Beine schwächte, vielleicht sogar seinen gesamten Bewegungsapparat. Sonja beobachtete ihn und scannte gleichzeitig das Kinderzimmer. Felix hatte das Geschenk seines Großvaters ausgepackt: Es war ein kunstvoll gestalteter Globus aus Holz.

„Das ist ja eine tolle Maschine. So was habe ich noch nie gesehen."

„Das ist meine Kraftmaschine", erklärte Felix schnaufend. „Hat der Opa für mich gebaut."

Die offensichtliche Stärke dieses schmalen Kinderkörpers überraschte Sonja. Es war Zeit, sich von ihm loszureißen. Sie verließ das Haus trotz der unbeantworteten Frage und drehte sich ein letztes Mal zu Edith um.

„Sie sind ... alleinerziehend?"

Edith Höllrigl nickte. Wieder schien eine Narbe aufzureißen.

„Felix' Vater ist bei einem Motorradunfall ums Leben gekommen. Noch vor unserer geplanten Hochzeit. Ich war im achten Monat schwanger."

„Verzeihen Sie bitte die Frage, aber was für gesundheitliche Probleme hat Ihr Sohn?"

Auch diese Frage konnte Sonja der Frau nicht ersparen.

„Muskeldystrophie. Typ Duchenne."

„Das ist eine Art Muskelschwund?"

„Ja. Aber Felix ist ein Kämpfer."

In ihrer zittrigen Stimme schwang eine gehörige Portion Trotz mit.

Acht

Jonas Kerschbaumer betrat das Polizeipräsidium in Bozen und lief die Treppe hinauf in die Büros der Kriminalabteilung. Seine Kollegen zeigten sich geschäftig: Einige recherchierten an ihren Computern, andere telefonierten, am Drucker hatte sich sogar eine Warteschlange gebildet. Der neue Fall hatte für frischen Wind und Eifrigkeit gesorgt.

Nachdem er seinen PC eingeschaltet hatte, ging Jonas direkt zu seinem Vater. Sein Schreibtisch lag voller Papiere; bei näherem Hinsehen erkannte Jonas die Schuld- und Wettscheine, die man beim toten Vitus Höllrigl sichergestellt hatte.

Peter stand neben seinem Schreibtisch, betrachtete sein Zettelwerk und erklärte ruhig, dass Vitus Höllrigl spielsüchtig gewesen war. Fast täglich war er in Wettbüros, an Automaten und auf der Pferderennbahn gewesen. Leisten konnte er sich die Zockerei allerdings nicht, seine Konten waren auf Anschlag, führte er weiter aus, oder besser: überzogen. Der Mann hatte massive finanzielle Probleme gehabt. Jonas schwieg, nickte, dachte nach. Wie würde der nächste Schritt aussehen?

„Wir brauchen eine Liste aller Lokale, in denen er ein und aus ging", sagte er zu seinem Vater, der ihm prompt ein Blatt Papier mit allen Wettbüros, in denen Höllrigl sein Geld verspielt hatte, hinhielt. Jonas war beeindruckt, sein Vater kam immer mehr aus sich heraus, seitdem Sonja das Ruder übernommen hatte. Sie forderte ihn nicht nur, sie förderte ihn auch.

„Was wäre ich nur ohne dich?", sagte er anerkennend.

„Definitiv nicht auf der Welt", antwortete sein Vater und zwinkerte ihm zu. Jonas lachte, klopfte ihm auf die Schulter und machte sich wieder auf den Weg.

Neun

Maria Senoner öffnete die Haustür, stellte ihre Tasche ab und stillte ihren Durst mit einem Glas eiskaltem Wasser. Kurz kam ihr in den Sinn, nach diesem Tag etwas Hochprozentiges zu trinken, dann verschob sie ihre Idee auf den späteren Abend – obwohl der nächste Schritt eigentlich einen Mutmacher verlangt hätte.

Die Terrassentür stand offen, draußen saß ihr Mann, er bewegte seine Finger über die Tastatur seines Laptops. Ihre Gedanken schweiften ab, sie dachte an seine großen, gepflegten Hände, die sie schon immer sehr an ihm gemocht hatte. Der Gedanke an seine Berührungen erfüllte sie mit einem warmen Kribbeln. Doch dann wies sie sich selbst zurecht, dass das der falsche Moment für solche Gedanken war. Zuerst mussten sie ein klärendes Gespräch führen, das im schlimmsten Falle auch zu einem Streit führen würde.

Samuele Senoner sah zu ihr auf. Im Abendlicht blitzten seine Augen noch etwas blauer als sonst. Den grauen Bart hatte er ein wenig gestutzt, was sein Gesicht noch markanter machte.

„Die Kinder haben sich Burger gewünscht und als Nachtisch gegrillte Marshmallows. Bist du zum Essen da? Oder hast du noch einen Termin?", fragte er.

Der Gedanke an Burger und Marshmallows machte die aufkeimende Romantik dieses Augenblicks schlagartig zunichte. Maria war auf dem Boden der Tatsachen aufgeschlagen.

„Nein, ich habe keine Termine mehr. Ich bin da."

Dann gab sie sich einen Ruck – es würde sich heute Abend kein besserer Zeitpunkt finden, um dieses schwierige Gespräch zu führen.

„Samuele, hör zu. Ich brauche deine Hilfe. Es geht um einen Mann."

Samuele sah sie irritiert an. Sie musste zugeben, dass dieser Gesprächseinstieg ein wenig unkonventionell ausgefallen war.

„Nicht, was du denkst. Das Kraftwerkprojekt. Morgen stimmen wir doch über die Baugenehmigung des Pumpspeicherkraftwerks ab, das in der Talsperre im Sarntal entstehen soll. Du weißt schon, dort soll erst ein Stausee entstehen und dann ein Kraftwerk gebaut werden, das die Bevölkerung der gesamten Provinz mit Energie versorgen soll. Ein Millionenprojekt, so ganz und gar nicht nach meinem Geschmack."

„Ja, natürlich weiß ich davon. Aber was hat das mit dem Mann zu tun?"

Maria Senoner atmete tief durch.

„Die Mafia hat versucht, mich zu kompromittieren. Dieser Mann hatte den Auftrag, mich zu verführen, um mich später zu erpressen. Die Antikorruptionsbehörde hatte mich bereits gewarnt. Die finanzielle Dimension des Projekts ist einfach zu groß, als dass es keine Begehrlichkeiten weckt."

Samuele Senoner erhob sich von seinem Gartenstuhl und stellte sich vor seine Frau. Instinktiv ging sie einen Schritt zurück.

„Hast du dich etwa darauf eingelassen?", fragte er einen Tick zu laut, sodass sie ihm mit den Fingern deutete, etwas leiser zu sein. Dann wurde ihr klar, dass das, was sie gerade erzählte, auf keinen Fall andere hören durften, und lotste ihn in die Küche.

„Nein, natürlich nicht. Ich habe die Beamten der Antikorruptionsbehörde mit zu dem Treffen genommen und die haben ihn verhaftet."

„Hättest du mich nicht von Anfang an einweihen können?"

„Ich gebe zu, dass das besser gewesen wäre. Sie wollten den Typen umdrehen und als Informanten für sich nutzen. Aber dann hat sich herausgestellt, dass der für die Antimafiabehörde arbeitet und als verdeckter Ermittler bei der Mafia eingeschleust worden ist."

Samuele Senoner schien seinen Ohren nicht zu trauen. Ungläubig starrte er sie an.

„Die *DIA* plant etwas gegen die Mafia, einen massiven Schlag. Und aus irgendeinem Grund ist es notwendig, dass dafür die Baugenehmigung für das Kraftwerk erteilt wird", erklärte sie ihm weiter. Langsam wurde ihr ein wenig leichter ums Herz. Sie wusste, dass sie sich auf ihren Mann verlassen konnte: Was auch immer in den nächsten Tagen und Wochen passieren würde, er stand hinter ihr.

„Das heißt, die *DIA* erwartet von dir, dass du im Landtag für das Kraftwerk stimmst?", schloss er daraus. „Also wäre alles, wofür du stehst, mit einem Schlag ruiniert. Dein Kampf um den Erhalt unserer Natur, der sanfte Ausbau erneuerbarer Energien, einfach alles."

Maria Senoner konnte nichts erwidern, er hatte recht mit dem, was er sagte.

„Die *DIA* verlangt von dir nicht weniger als deinen politischen Selbstmord", sagte ihr Mann leise. Seine Stimme zitterte dabei vor Wut.

„Der Kampf gegen die Mafia gehört doch auch zu meiner politischen Verantwortung. Damit auf den Schulhöfen keine Drogen mehr verkauft werden. Und ich muss auch unsere Kinder schützen. Sie sagen, dass das Kraftwerk nie gebaut wird, wenn ihr Plan aufgeht."

Samuele Senoner nickte nachdenklich und fuhr sich mit der rechten über seine linke Hand.

„Und was, wenn er nicht aufgeht?"

Auf diese Frage wusste Maria Senoner keine Antwort.

Zehn

Sonja Schwarz betrat das Büro der Kriminalabteilung, sie war voller Tatendrang. Auf der Fahrt nach Bozen hatte sie bereits in Gedanken die nächsten Ermittlungsschritte aufgelistet.

Manchen mochte ihre Art kalt erscheinen, sie nannte es Rationalität – sie erlaubte sich beim Ermitteln keine Emotionen, die brachten sie nur von ihrer Strategie ab und sorgten für unnötige Konfusion. Für Gefühle war, wenn überhaupt, nur zu Hause Platz. Vielleicht war sie deshalb als Profilerin zur Kriminalpolizei gekommen und nicht, wie von ihrem damaligen Studienplan in Frankfurt vorgesehen, Psychologin geworden.

Peter Kerschbaumer trat direkt zu ihr und überreichte ihr den Laborbericht.

„Ich habe ihn gerade hereinbekommen. Die Haare, die die Spurensicherung auf Höllrigls Jacke sichergestellt hat, stammen vermutlich nicht von ihm."

„Dann warten wir mal die Laborergebnisse ab. Noch etwas. Sie haben sicher von dem geplanten Pumpspeicherkraftwerk gehört."

„Sie meinen das Kraftwerk, mit dem sie das Sarntal verschandeln wollen?"

„Genau das. Wir wissen, dass Lagagna da seine Finger im Spiel hat. Nehmen Sie sich das Firmenkonstrukt mal vor, hinter dem er sich versteckt."

„Die *EcoLadinia*?"

„Genau. Firmensitz, wem der Laden wirklich gehört, ob und wo Steuern gezahlt werden und so weiter. Vielleicht gibt es ja einen Ansatzpunkt, irgendwas Illegales, mit dem wir Lagagna das Leben schwer machen können."

Wie immer, wenn sie den Namen Michele Lagagna nennen musste, bekam Sonja eine leichte Gänsehaut. Die Erinnerung an den Fall, der sie vor ein paar Jahren nach Bari geführt hatte, hatte sie noch immer nicht ganz losgelassen.

„Das wären aber Anfängerfehler", sagte Peter und deutete ein Lächeln an.

„Hey", antwortete sie scherzhaft, „Al Capone hat man auch gekriegt, weil er vergessen hat, seine Steuern zu bezahlen!"

Damit überließ sie Peter seinen Aufgaben und zog sich in ihr Büro zurück, um den Computer einzuschalten. Der Gedanke an den schwer kranken Felix ließ sie nicht los. Vielleicht war sie doch nicht ganz so abgebrüht, wunderte sie sich über sich selbst.

Sie klickte auf den Internetbrowser und gab die Stichworte *Muskeldystrophie* und *Duchenne* in die Suchmaschine ein. Diese antwortete mit haarsträubenden Ergebnissen. Besonders aggressiver Krankheitsverlauf, stand da, und es bleibe nur die Verlegung in eine Spezialklinik. Die Trennung von Eltern und Kind führe oft zu schweren psychischen Belastungen, informierte eine Website über die Krankheit. Als sie zu den Suchbegriffen *Bozen* hinzufügte, stellte sich heraus, dass die nächste hierfür spezialisierte Klinik zweihundert Kilometer weit weg war. Das bedeutete zu viel Abstand zwischen dem kleinen Felix und seiner Mutter.

Elf

Edith Höllrigl setzte sich an das Bett ihres Sohnes. Ihr Vater hatte es für Felix gezimmert.

„Jetzt bist du schon sieben Jahre alt", sagte sie mit einem sanften Lächeln. Felix nickte. Sein kleines weises Gesicht wirkte unglücklich.

„Dein Opa hat dich sehr lieb gehabt. Und der Globus wird dich immer an ihn erinnern und dich begleiten", versuchte sie, ihn zu trösten.

„Erzählst du mir noch eine Geschichte?", bat Felix sie.

„Ich werde dir etwas vorlesen. Wo ist dein Buch?"

Felix beugte sich vor, um das Geschichtenbuch unter dem Bett hervorzuholen. Edith las ihm langsam und mit leiser Stimme daraus vor, bis er schließlich einschlief. Sie deckte ihn zu, gab ihm einen Gutenachtkuss und löschte das Licht. Dann schloss sie die Tür hinter sich. Was für ein furchtbarer Tag. Der Anblick ihres Vaters in der Blutlache wollte sie nicht loslassen. Bis jetzt hatten die alltäglichen Aufgaben sie in Atem gehalten, doch nun, wo sie fast nichts mehr zu tun hatte, machte sich Erschöpfung breit. Nachdem sie das Geschirr vom Abendessen weggeräumt hatte, setzte sie sich auf einen Küchenstuhl und öffnete die Post. In einem großen Umschlag befand sich der Katalog einer Spezialklinik. Die Bilder zeigten fröhliche Krankenpfleger und ernst blickende Ärzte. Hier und da waren Patienten abgebildet, sie blickten hoffnungsfroh. Edith Höllrigl wusste, dass sie sich die Therapie für Felix nicht leisten konnte. Als Nächstes öffnete sie den Brief der *Banco Isarco*, den sie in der Wohnung ihres Vaters gefunden und eingesteckt hatte. Ein Geräusch aus Felix' Zimmer ließ sie kurz aufschrecken, reflexartig versteckte sie den Brief unter einer Zeitung. Was für ein Blödsinn, schalt sie sich selbst, Felix konnte mit diesem Brief doch noch gar nichts anfangen. Sie nahm ihn wieder hervor, las ihn und spürte, wie sich ihr Magen zusammenzog.

Zwölf

Jonas Kerschbaumer tippte auf das Display seines Mobiltelefons, es war neun Uhr dreißig an diesem grauen Montagmorgen in Meran. Er blickte sich um. In den ersten Jahren als Polizist hatte er sich dieses Scannen, wie er es selbst nannte, unbewusst angeeignet. Das Abchecken dessen, was um ihn herum vorging, gab ihm das Gefühl der Sicherheit, dass ihm nichts entgehen würde. Einige Autos fuhren am Meraner Hippodrom vorbei in Richtung des Meraner Stadtteils Untermais. Andere bogen auf die MeBo ab, die Schnellstraße nach Bozen. Eine Frau beugte sich zu ihrem Handtaschenhündchen hinab und klaubte sein Geschäft auf. Auf der gegenüberliegenden Straßenseite stritt ein Pärchen erst lautstark, um sich dann stürmisch zu küssen. Jonas nahm es emotionslos zur Kenntnis. Er ging ein paar Schritte weiter und begutachtete die Liste mit den Namen der Wettbüros, die sein Vater ihm am Vortag überreicht hatte. Vier der Lokale hatte er bereits abgeklappert.

„Guten Morgen", begrüßte er den Barkeeper freundlich.

„Hallo", antwortete er knapp. „Espresso? Bier? Schnapserl?"

„Nein danke, nur ein paar Informationen. Kripo Bozen, Kerschbaumer mein Name. Sagt Ihnen der Name *Vitus Höllrigl* etwas?"

„Der Höllrigl, der ist an Renntagen oft hier."

„Auch vorgestern?"

Der Barkeeper nickte und spülte ein Bierglas aus. Dann beugte er sich zum Kühlschrank hinunter. Jonas stellte sich auf die Zehenspitzen und sah nach, was der Barkeeper machte. Er hatte keine Lust auf unfreundliche Überraschungen.

„Ja, vorgestern auch. Es gab übrigens ziemlichen Ärger. Er hat versucht, seine Uhr zu verkaufen, um weiter wetten zu können. Alles in Ordnung mit ihm?"

Jonas wunderte sich über die besorgte Frage des Barkeepers, beantwortete sie aber nicht. Verdächtig machte er sich damit zwar nicht, aber es war eher ungewöhnlich, dass ein Barkeeper nach dem Befinden eines Kunden fragte. Er musste ihn also besser kennen.

„Versucht heißt …?", fragte er ihn weiter.

„Jemand hatte was dagegen. Die beiden sind handgreiflich geworden. Hier, direkt an der Bar, geht so was gar nicht, wissen Sie", erklärte er und klopfte nachdrücklich mit der flachen Hand auf den Tresen.

„Es gab eine Schlägerei? Mit wem?"

„Muss ich das sagen?"

Jonas bedeutete mit einer Geste, es sei ihm egal. Dann erklärte er ihm, dass er es entweder jetzt sofort oder später vor Gericht sagen könne. Der Barkeeper sah ihn an, schmiss seinen Lappen ins Waschbecken und rückte schließlich mit dem Namen des Kontrahenten heraus.

„Helmut Staffler."

Jonas hatte fürs Erste genügend Informationen gesammelt. Er verließ die Bar und ging zurück zu seinem Wagen. Er stieg ins Auto, legte den Rückwärtsgang ein und fuhr aus der Stadt hinaus auf die MeBo. Eine knappe halbe Stunde später parkte er seinen Wagen vor der Bozner Quästur, wie das Polizeipräsidium in Bozen auch genannt wurde.

Dreizehn

Sonja Schwarz und Peter Kerschbaumer erwarteten Jonas bereits im Büro. Sofort erstattete er ihnen Bericht. Als Peter den Namen Helmut Staffler hörte, stutzte er.

„Ach. Der Hotelbesitzer?"

„Ganz genau", antwortete Jonas, „vom Hotel Staffler. Höllrigl hat ihm wohl eine blutige Lippe verpasst und dann ging es zur Sache. Das hat mir der Barkeeper erzählt. Am Ende landete Höllrigl unsanft auf dem Parkplatz. Das erklärt auch die Kampfspuren in seinem Gesicht."

Sonja beschloss, direkt im Anschluss an dieses Gespräch zum Hotel Staffler zu fahren, um den Besitzer zu befragen. Dann fragte sie Peter, ob er etwas über die *EcoLadinia* in Erfahrung gebracht hatte.

„Nein. Die Firma ist sauber abgeschottet. Ich komme an keine Informationen ran. Möchte echt wissen, wie Lagagna das hinbekommen hat. Sperrvermerke auf allen Kanälen."

„Das verdanken wir der Antimafiabehörde", sagte Sonja nachdenklich. Schon wieder stieg diese unbändige Wut in ihr hoch und sie musste sich zwingen, sachlich zu bleiben. „Die wollen nicht, dass wir da rumschnüffeln. Versuchen Sie's bitte trotzdem weiter."

„Ist gut, Capo Commissario", nahm Peter ihre Anweisung mit einem freundlichen Lächeln entgegen, setzte sich wieder an seinen Schreibtisch und versuchte, an weitere Informationen über die Firma *EcoLadinia* zu kommen. Die Recherchearbeit gefiel ihm, er kannte viele Leute, die ihm weiterhelfen konnten, wenn über die Suchmaschine der Quästur und das Internet nichts mehr herauszufinden war. Im Laufe seiner Karriere war das nicht immer so gewesen: Als junger Mann hatte ihn die Polizeiarbeit zwar fasziniert, doch mit den Jahren war er träge, ja fast schon apathisch geworden. Streife zu gehen, wurde zu einer Qual. Bevor er in die Kriminalabteilung versetzt worden war, hatte er sogar eine Auszeit nehmen müssen. Nicht etwa, weil er überarbeitet war, vielmehr hatte ihm die Unterforderung zu schaffen gemacht. Als er nach seinem Wartestand wieder in den Beruf einsteigen wollte, schlug man ihm einen Wechsel vor. Zunächst hatte Peter befürchtet, dass man ihn als Streifenpolizist in eine andere Stadt versetzen wollte, doch dann sagte man ihm, dass eine Stelle bei der Kripo frei geworden sei. Peter nahm das Angebot zögernd an, tauchte in eine neue Welt ein, wurde der Kollege seines Sohnes und fühlte sich nach der ersten Beklommenheit wieder wohl in seiner Haut. Er konnte seine Kontakte und Bekanntschaften nutzen, um Mordfälle zu lösen, dabei helfen, für ein wenig Gerechtigkeit in dieser Welt zu sorgen, und er hatte mit Sonja Schwarz eine kompetente, freundliche Vorgesetzte bekommen. Er mochte ihre rationale Art, ihr entschlossenes Auftreten, ihre Geradlinigkeit und ihren feinen Humor.

Vierzehn

Riccardo Riello fuhr sich durch sein dunkles, lockiges Haar, bevor er Lagagnas neues Büro betrat. Es befand sich in einer der Hauptstraßen der Meraner Handwerkerzone, die beste Lage für seine Zwecke. Am Eingang prangte ein nagelneues Messingschild, auf dem *Eco-Ladinia* eingraviert war. Geschmack hatte Lagagna, das konnte Riello nicht leugnen. Das neue Büro war elegant eingerichtet. Schwarzer Sessel, Computer der jüngsten Generation, silberne Jalousien, graue Büromöbel. Eine einsame Zimmerpflanze blühte in voller Pracht. Lagagna saß telefonierend an einem wuchtigen Schreibtisch, hinter ihm wurde das neue Pumpspeicherkraftwerk als digitaler Entwurf an die Wand projiziert. Es war offensichtlich, dass Lagagna unter Druck stand, so ungehalten wie er mit seinem Gesprächspartner umging.

„Sicher … nein – es gibt keinen Grund, sich Sorgen zu machen. Ja, ich melde mich", beendete er das Telefonat, als er Riello entdeckte.

„Die Familie. Sie fragen nach der Senoner", erklärte Lagagna. Riello bemerkte, wie schwer es ihm fiel, sich zusammenzureißen. Innerlich schien der Mann zu platzen.

„Woher wissen die von ihr?"

Lagagnas Wut ging nun in eine Art Genervtheit über. Er mochte es nicht, wenn ihm Fragen gestellt wurden.

Das war seine Aufgabe, nicht die der anderen. Die anderen mussten Rede und Antwort stehen.

„Die Familie weiß eben, was sie wissen muss. Also: Hast du sie so weit?"

Riello deutete mit der Hand ein „Fast" an. Lagagna beherrschte sich nicht weiter und fluchte auf Italienisch gegen die Muttergottes.

„Verdammt, was soll das heißen?"

„Dass nicht sicher ist, wie sie abstimmt. Wir haben nichts gegen sie in der Hand. Sie hat keine Schulden, nimmt keine Drogen und hat dazu noch so etwas wie ein politisches Gewissen."

Nun war es um Lagagnas Geduld geschehen. Er stand auf, schlug mit der flachen Hand auf seinen Schreibtisch und schrie Riello an:

„Dann lass dir verdammt noch mal was einfallen!"

Riello zeigte sich unbeeindruckt. Solange Hunde bellen, beißen sie nicht, und er wusste, dass dies auch für Menschen galt.

„Das habe ich schon getan, keine Sorge. Es gibt da einen im Ausschuss, der antike Kirchenkunst sammelt und dabei auch schon mal das eine oder andere Stück aus dubiosen Quellen erwirbt. Ich habe dafür gesorgt, dass er was kauft, das nachweislich gestohlen ist. Damit haben wir ihn am Haken."

Mühsam beruhigte sich Lagagna wieder. Sein Gesicht war rot geworden, eine Ader an seinem Hals pulsierte wild.

„Gut. Sorg dafür, dass das funktioniert."

Fünfzehn

Edith Höllrigl saß am Küchentisch in ihrer Wohnung. Ihr Herz schlug wild, sie spürte, wie eine Schweißperle über ihren Rücken rann, und dies nicht nur aufgrund der drückenden Sommerhitze, die in diesem Jahr in Südtirol herrschte. Vor ihr lag der Brief der *Banco Isarco*, den sie beim letzten Besuch in der Wohnung ihres Vaters mehr oder weniger heimlich eingesteckt hatte. Sie konnte noch immer nicht glauben, was der Banker ihres Vaters ihr gerade eröffnet hatte.

„Ich verstehe nicht, was Sie mir damit sagen wollen!", rief sie aufgebracht ins Telefon.

„Dass uns keine anderen Möglichkeiten bleiben, Frau Höllrigl! Wir haben uns als seine Hausbank lange bemüht. Aber Ihr Vater hat unsere Gesprächsangebote schlicht ignoriert. Und seine Hypothekenraten nicht bedient. Das fällt jetzt leider auf Sie zurück", antwortete der Banker.

Edith Höllrigl konnte es nicht fassen. Sogar jetzt, wo er tot war, brachte ihr Vater der Familie nur Unglück und Ruin.

„Aber ich kann diese Raten unmöglich zahlen! Und es sind doch seine Schulden!", rief sie. Trotzig schluckte sie die aufsteigenden Tränen hinunter.

„Sie stehen mit im Grundbuch", erklärte der Mann am anderen Ende der Leitung, „also sind es auch Ihre Schulden."

„Und wenn ich das Erbe ausschlage?", fragte sie weiter. Vielleicht bestand ja doch noch ein Funken Hoffnung.

„Die Kredite wären Sie dann zwar los, aber wir als Bank können nicht auf unsere Forderungen verzichten. Dann wird Ihr Haus zwangsversteigert und innerhalb von sechs Monaten stehen Sie auf der Straße. Tut mir sehr leid."

Sie legte ohne ein weiteres Wort auf. Ihr war schwindlig, sie trank ein Glas Wasser und setzte sich wieder auf den Stuhl. Fluchen und heulen würden ihr nicht weiterhelfen. Eine Lösung musste her, und zwar schnell.

Sechzehn

Sonja Schwarz schirmte ihre Augen mit der rechten Hand gegen das gleißende Sonnenlicht ab, das den Meraner Thermenplatz erhellte. Sie sah sich um. Ein paar Kinder kreischten vor Freude, als sie unter den Wasserspielen hindurchliefen.

„Was ist das eigentlich für ein Berg?", fragte sie Jonas und zeigte auf die Anhöhe direkt über dem Zentrum der Kurstadt.

„Der Hügel dort? Der gehört zu Dorf Tirol, man kann über die Tappeiner-Promenade hinaufgehen. Ist ganz nett gemacht, mit Gärten und Ferienhäusern und so. Wir können hochgehen, wenn du möchtest."

„Gerne, es ist ja noch früh. Lassen wir Staffler die Zeit, seinen Frühstückskaffee auszutrinken. Danach ist er sicherlich kooperativer."

Zu Sonjas Verwunderung willigte Jonas sofort in den kleinen, außerplanmäßigen Ausflug zur Tappeiner-Promenade ein. Sicherlich tat es ihm auch gut, mal eine kleine Pause vom Verbrechen zu nehmen. Er führte sie auf direktem Wege durch die Innenstadt bis zum Einstieg der Promenade. Schnellen Schrittes liefen sie die Serpentinen hinauf, vorbei an blühenden Kakteen, seltenen Baumarten und einigen wenigen Kunstgegenständen.

„Wie ist dieser Hügel entstanden?", fragte sie Jonas und berührte vorsichtig die glatten, noch kühlen Felswände.

„Gletscherschliff. Hier war früher mal ein Gletscher, der im Lauf der Jahrmillionen ausgewaschen wurde. Ein Gletscher drückt auch einen Haufen anderes Material vor sich her, das ist dann die Endmoräne, auf der wir hier gerade spazieren. So eine Endmoräne ist natürlich sehr praktisch, um sich vor der Schneeschmelze im Frühjahr zu schützen, deshalb wurde sie auch gleich besiedelt."

„Woher weißt du das alles?"

„Ich war in meine Geografielehrerin verknallt. Deshalb habe ich mir ihre Worte gemerkt. Ist aber eine Weile her."

Sonja lachte.

„Und wer war Tappeiner?"

„Ein Kurarzt. Komm ein Stück weiter hoch, dann kannst du dir seine Statue anschauen."

Sie gingen weiter hinauf, bis Jonas vor einer Marmorbüste stehen blieb. Sie zeigte den Kopf des Dr. Franz Tappeiner, der im neunzehnten Jahrhundert in Meran tätig gewesen war. Während sie die Inschrift studierte, flogen Sonjas Gedanken zu dem kleinen Felix Höllrigl, den das Schicksal schon als kleinen Jungen mit Muskelschwund gezeichnet hatte.

*

Sonja und Jonas betraten das Foyer des Hotels und sahen sich um. Es war in orangefarbenes Licht getaucht und Sonja konnte sich nicht entscheiden, ob sie es als entspannend oder düster empfinden sollte. Einige Gäste hatten sich gleichzeitig mit ihnen eingefunden, Koffer wurden geschleppt, Trolleys gerollt, eine ältere Dame fächerte sich Luft zu. Ein übergewichtiger Mann, offensichtlich ein Norddeutscher, diskutierte lautstark mit der Rezeptionistin, die ihn zu beruhigen versuchte.

„Ich hatte das aber so gebucht", rief er, „und Sie werden jetzt dafür sorgen, dass die Klimaanlage in unserer Suite innerhalb der nächsten halben Stunde funktioniert. Sonst will ich sofort mein Geld zurück!"

Damit verließ der aufgebrachte Mann das Foyer und stampfte schwitzend zum Aufzug.

Die Rezeptionistin telefonierte leise mit dem Hausmeister, beobachtete aber gleichzeitig Sonja und Jonas, die sich umsahen. Sonja spürte ihre Blicke auf sich und ihr war klar, dass sie schon als Polizisten identifiziert worden waren.

Ohne sich um die junge Frau hinter dem Tresen zu kümmern, steuerte Sonja direkt auf den hinteren Teil des Foyers zu, aus dem gerade ziemlich viel Lärm drang. Offensichtlich wurde eine Geburtstagsfeier vorbereitet: Eine Buchstabengirlande gratulierte Michael zum siebten Geburtstag. Schon zeigte sich das Geburtstagskind, das eine Papierkrone auf dem Kopf trug und mit einem Plastikschwert durch die Gegend wirbelte. Ziemlich energiegeladen, fand Sonja und wünschte der Mutter Nerven wie Drahtseile. Solche Geburtstagsfeiern waren für Kinder ja immer ein Grund, völlig außer Rand und Band zu geraten. Ob sie als Kind auch so gewesen war?

Nun schlug der kleine König mit seinem Schwert auf eine Figur, die mit Süßigkeiten gefüllt war. Piñata nannte man sie, daran konnte Sonja sich aus ihrem Spanischunterricht erinnern. Eine blasse, junge Frau kam herbeigeeilt und versuchte, den Jungen davon abzuhalten. Augenscheinlich war sie mit der Situation völlig überfordert; Michael schenkte ihr keinerlei Beachtung.

„Warte, Michael. Noch nicht. Erst wenn die anderen da sind."

Michael war aber nicht nach Warten zumute. Er riss sich los und stürmte davon, nahm wieder Kurs auf die prall gefüllte Figur.

„Michael", ermahnte sie ihn erneut, „kannst du das bitte lassen? Michael!"

Der Junge ließ nicht mit sich reden. Er schrie nun in den höchsten Tönen und drosch heftig auf die Piñata ein. Statt einzugreifen, presste sich die hilflose Mutter die Hände auf die Ohren. Jonas verzog das Gesicht und sah zu Sonja.

Endlich erschien der Retter in der Not, ein wahrer Kinderflüsterer: Ein junger Mann beugte sich zu Michael hinunter. Es handelte sich vermutlich um seinen Vater, er redete geduldig auf das Kind ein. Michael sagte nichts, nickte nur und beruhigte sich zusehends. Die Eltern sahen sich an, die Frau lächelte dankbar.

Sonja hatte die Rezeptionistin nicht einmal bemerkt, die plötzlich neben der gestressten Mutter stand. Sie sprachen leise miteinander, dann ging die Hotelangestellte wieder zum Tresen, ohne die Polizisten auch nur eines Blickes zu würdigen. Die Frau ging nun auf Sonja und Jonas zu und begrüßte sie freundlich.

„Grüß Gott, mein Name ist Gabriele Wolf. Verzeihen Sie bitte dieses Durcheinander. Worum genau geht es denn?"

„Guten Tag, Frau Wolf. Das würden wir gerne mit Herrn Staffler besprechen."

„Mit den Belangen des Hotels bin ich auch vertraut."

Jonas erklärte ihr, dass sie von der Kriminalpolizei seien und nicht vom Ordnungsamt.

Sonja zeigte ihren Ausweis.

„Sonja Schwarz, Kripo Bozen, und das ist mein Kollege Jonas Kerschbaumer."

„Na gut", lenkte Wolf ein, „ich bringe Sie zu meinem Vater. Bitte."

Sie führte Sonja und Jonas einen Gang entlang und sah noch einmal besorgt in den Kinderbereich, wo der kleine Michael wundersam leise mit seinem Vater spielte.

Siebzehn

Sonja Schwarz und Jonas Kerschbaumer folgten Gabriele Wolf durch die Gänge des edlen Hotels. Sonja sog die Luft ein und verspürte plötzlich das dringende Verlangen, wieder einmal Urlaub zu machen. Der Geruch nach frisch gewaschener Bettwäsche und nach wohltuenden Salzen und Kräutern, der aus dem Spa-Bereich drang, entspannte sie und machte ihr gleichzeitig bewusst, dass sie sich schon lange nicht mehr Zeit für sich selbst genommen hatte. Vielleicht würde sie ja nach der Lösung dieses Falls ein paar Tage Urlaub nehmen.

Sie erreichten Stafflers Büro. Die Tür stand offen und sie konnten hören, wie der Hoteldirektor am Telefon harsch und unfreundlich mit jemandem sprach. Sonja bemerkte, wie Gabriele Wolf sich versteifte. Ihre Kiefermuskeln waren angespannt und ihr Blick weitete sich wie bei einem scheuen Tier, das bereit zur Flucht war. Allein diese unbewussten kleinen Verhaltensweisen reichten Sonja aus, um das Verhältnis zwischen Gabriele Wolf und ihrem Vater zu erahnen: Es war kein gutes und das Sagen hatte eindeutig er.

„Ich warte seit zwei Tagen auf die Lieferung. Glauben Sie, meine Gäste zahlen für den Anblick einer

Baustelle!?", ereiferte sich der Mann und hob gleichzeitig die Hand, als er Gabriele sah. Sie blieb wie angewurzelt in der Tür stehen.

„Nein, ich sage Ihnen, was jetzt passiert: Sie schicken sofort jemanden, der die Rohre anschließt, damit wir die Arbeiten abschließen können. Gut, dann übermorgen, aber keinen Tag später. Sonst such ich mir jemand anderen."

Ein wenig belustigt dachte Sonja kurz an den deutschen Touristen, der sich zuvor im Foyer bei der Rezeptionistin wegen der ausgefallenen Klimaanlage beschwert hatte. Wahrscheinlich würde Staffler in ein paar Minuten ein ähnliches Gespräch führen müssen. Sie biss sich von innen auf die Wangen, um ihr Schmunzeln zu unterdrücken.

Staffler hatte sein Gespräch beendet und sah seine Tochter an, Sonja und Jonas ignorierte er. Sie schienen Luft zu sein.

„Warum muss ich die Arbeit von deinem Mann machen? Sag Toni, dass der Installateur …"

Gabriele machte eine unauffällige Handbewegung, um ihn zu beschwichtigen. Tatsächlich schien er die beiden Polizisten nicht einmal wahrgenommen zu haben. Sie stellte ihm Sonja und Jonas vor.

„Frau Schwarz und Herr Kerschbaumer. Von der Kriminalpolizei."

Staffler zeigte sich unbeeindruckt, vielmehr schien er ihren Besuch als lästige Angelegenheit wahrzunehmen, die er so schnell wie möglich vom Tisch haben wollte, um sich dann wichtigeren Dingen zu widmen.

Dennoch deutete er auf eine Sitzgruppe, die sich am anderen Ende des Büros befand. Sie setzten sich.

„Wir haben ein paar Fragen", begann Sonja, „es geht um Vitus Höllrigl."

Staffler verzog keine Miene. Ein wahres Pokerface, dachte Sonja.

„Sie sind ihm vorgestern auf der Pferderennbahn in Meran begegnet", versuchte Jonas, ihm auf die Sprünge zu helfen.

Statt ihnen zu antworten, sah Helmut Staffler zu seiner Tochter und verbannte sie mit der Ausrede, dass sie im Hotel zu tun habe, aus seinem Büro. Nun endlich antwortete er Sonja und Jonas mit einem knappen „Ja, das ist richtig".

„Es kam zwischen zwischen Ihnen und Herrn Höllrigl zu Handgreiflichkeiten. Warum?", fragte Jonas geduldig weiter. Daraufhin fasste Helmut Staffler sich kurz an seine geschwollene Lippe.

„Er hatte Spielschulden. Nichts von Bedeutung. Hat Vitus etwa Anzeige erstattet?"

Um seine Meinung von dem Mann zu unterstreichen, machte er eine abfällige Handbewegung. Was für ein Schnösel, dachte Sonja.

„Die Uhr zahle ich ihm", warf Staffler ein.

„Nein, es liegt keine Anzeige vor", antwortete Sonja.

„Was ist nach Ihrer Auseinandersetzung passiert? Wie ging es weiter?", hakte Jonas nach.

„Vitus ist abgezogen und ich habe mir noch zwei, drei Rennen angeschaut. Dann bin ich nach Hause gefahren. Mit dem Taxi übrigens, ich hatte was getrunken."

Ob er sich dafür einen Orden erwartete, fragte Sonja sich, blieb aber still. Sie hatte für sich beschlossen, Jonas das Gespräch zu überlassen.

„Nach Hause heißt, dass Sie hierhergekommen sind?"

Staffler bejahte und erhob sich von seinem Sessel. „Wir wohnen direkt nebenan. Und jetzt entschuldigen Sie mich. Mein Enkel wartet. Wir feiern heute seinen Geburtstag."

Nun mischte Sonja sich doch ein. Was dachte sich der Mann eigentlich – dass er die Befragung beendete, sobald ihm danach war? Am liebsten hätte sie ihn noch ein paar Stunden lang befragt.

„Herr Staffler, wir sind noch nicht fertig. Wir begleiten Sie."

„Sie haben Herrn Höllrigl danach nicht mehr gesehen? Zum Beispiel gestern Morgen", führte Jonas das Gespräch weiter, während sie wieder durch die Gänge des Hotels gingen.

„Nein."

„Wie viel Geld schuldet er Ihnen?"

„Warum fragen Sie ihn nicht selbst?"

„Er ist tot", erklärte Sonja knapp und genauso emotionslos wie Staffler. Nun blieb er stehen und änderte endlich seinen gleichgültigen Gesichtsausdruck.

„Vitus? Wie schrecklich. Woran ist er denn gestorben?"

„Es liegt ein Tötungsdelikt vor."

Staffler schien sich innerhalb von wenigen Sekunden in eine andere Person verwandelt zu haben. Er war sichtlich geschockt über die Nachricht.

„Jemand hat ihn …?"

Jonas nutzte das Überraschungsmoment und übernahm nun geschickt das Ruder.

„Wie hoch waren seine Schulden bei Ihnen?"

Staffler ging weiter und machte eine Handbewegung, als wolle er die Schulden abwägen.

„Vierzehn…, nein, wohl eher fünfzehntausend Euro. Aber ich bin bestimmt nicht der Einzige, bei dem Vitus eine offene Rechnung hat."

„Dann gibt es bestimmt einen Schuldschein?", fragte Sonja.

Staffler schüttelte den Kopf. „Spielschulden sind Ehrenschulden."

Inzwischen waren sie wieder im Foyer angekommen. Nun zeigte Staffler sein drittes Gesicht. Als das Geburtstagskind strahlend auf ihn zukam, nahm er es direkt in die Arme.

Ob er seine Tochter wohl jemals so umarmt hat, dachte sich Sonja. So kalt wie er zu ihr war, wohl eher nicht.

„Opa! Papa und ich spielen Hotel. Und ich bin der Direktor …"

„Solange du mich nicht zum Nachtportier machst, darfst du gerne der Direktor sein", lachte er und ließ sich von seinem Enkel zur Geburtstagsecke ziehen. Der Vater des kleinen Michael sah missmutig drein – über das Auftauchen seines Schwiegervaters schien er alles andere als erfreut.

Sonja und Jonas fuhren hinab in die Tiefgarage und gingen zurück zum Auto.

„Keine schöne Familie", dachte Sonja laut. „Der große Boss wirft übermenschlich große Schatten, die Tochter kuscht, der Schwiegersohn kann nicht aus sich heraus, der Enkel ist komplett verhätschelt."

„Gabriele war schon immer extrem sensibel", sagte Jonas und fuhr rückwärts aus der Parklücke. Abrupt stoppte er und ließ ein Auto mit deutschem Kennzeichen vorbei. Am Steuer erkannte Sonja den deutschen Touristen, der sich an der Rezeption beschwert hatte. Neben ihm saß seine Frau mit entnervtem Gesicht.

„Du kennst sie?", fragte Sonja mehr als überrascht. Wieder einmal bestätigte sich, dass Südtirol wie ein großes Dorf war, in dem jeder jeden kannte oder wenigstens wusste, wer der andere war.

„Wir waren auf derselben Schule. Ihr Vater hat dafür gesorgt, dass Gabriele behandelt wurde wie ein rohes Ei."

„Seltsam, denn gerade eben war er alles andere als liebevoll zu ihr."

„Stimmt. Staffler macht die Ansagen. Seine Tochter darf die Buchhaltung machen und der Schwiegersohn den Hausmeister geben."

„Reizend. Ein Patriarch der ganz alten Schule", entgegnete Sonja und dachte für sich: Wie gut, dass ich das nie erleben musste.

Achtzehn

Maria Senoner parkte ihren Wagen vor dem Gebäude des Südtiroler Landtags. Sie blieb noch einen Moment sitzen und drehte das Radio lauter. Das Thema Pumpspeicherkraftwerk im Sarntal wurde schon in den Medien besprochen, bevor überhaupt eine Entscheidung gefällt worden war. Genervt verdrehte sie die Augen, lauschte dann aber doch den Worten des Radiosprechers.

„… beim Kraftwerkprojekt konkurrieren ökologische Argumente mit handfesten wirtschaftlichen Interessen. Mit großer Spannung wird daher der Ausgang der heutigen Abstimmung erwartet, geht es doch um nicht weniger als um die energiepolitische Weichenstellung für die ganze Region."

Was er nicht sagt, dachte sie. Als sie schließlich aus ihrem klimatisierten Auto stieg und einen Schritt machte, hatte sie das Gefühl, gegen eine unsichtbare heiße Wand zu prallen: Die Luft im Bozner Talkessel flirrte vor Hitze und die Berge rundherum ließen keinen einzigen Luftzug zu. Sie konnte es kaum erwarten, endlich im kühlen Sitzungsraum sein zu dürfen.

Die sieben Mitglieder des Ausschusses hatten sich bereits im Sitzungsraum versammelt. Man hatte die

Jalousien zur Hälfte heruntergelassen, es war angenehm kühl. Die Stimmung schien locker, alle standen beieinander und unterhielten sich. Zwischendurch lachte jemand. Maria Senoner legte ihre Unterlagen auf den Platz am Kopfende des Tisches. Ihr Blick fiel zufälligerweise auf ihr Namensschild, auf dem auch der Zusatz *Vorsitzende* zu lesen war. Fluch und Segen, dachte sie sich und sah sich um: Sie erkannte Dr. Freuberg, der sich gerade einen Kaffee eingeschenkt hatte und nun ein wenig Zucker in die Tasse rieseln ließ. Mit ihm würde sie vor der Sitzung noch ein Hühnchen rupfen.

„Herr Dr. Freuberg, ich hoffe, Sie haben eine gute Erklärung dafür, warum das Gutachten immer noch nicht vorliegt."

Ein paar Schweißperlen glitzerten auf der Stirn des hageren Mannes, Dr. Freuberg war sichtlich nervös und angespannt.

„Bei der Datenerhebung gab es Probleme mit dem Server. Sie wissen doch, wie das manchmal ist. Es wurde auf jeden Fall rechtzeitig in Auftrag gegeben."

Was für ein schlechter Lügner er doch war, dachte sie.

„Ich habe mir erlaubt nachzufragen. Im Institut hat man seit Wochen nichts von Ihnen gehört."

Dr. Freuberg sah sie konsterniert an, dann klingelte sein Telefon. Es war kein Anruf, er hatte eine Mitteilung erhalten. Maria Senoner ließ keine Ablenkung zu.

„Ich hatte gehofft, dass uns das Gutachten hilft, wenigstens einen dieser Sturköpfe umzustimmen. Das haben Sie jetzt leider verhindert: Ohne Gutachten, das die schwerwiegenden Folgen für Natur und Umwelt aufzeigt, wird sich niemand umstimmen lassen."

Sein Blick flackerte, dann gab sein Telefon wieder einen Klingelton von sich.

„Entschuldigen Sie mich einen Moment", murmelte er und ging einen Schritt zur Seite. Dann öffnete er das Bild: Es zeigte ihn, wie er eine antike Heiligenfigur entgegennahm. „Sie sollten besser tun, was wir von Ihnen erwarten, sonst geht das an die Presse", lautete die Bildunterschrift.

Maria Senoner hatte ihn noch ein paar Sekunden beobachtet und dann mit den anderen Politikern Platz genommen.

„Kommen wir jetzt zum Vorgang Nummer 0419/bz. Die Abstimmung über die grundsätzliche Genehmigung der Lizenzvergabe für den Bau des Pumpspeicherkraftwerks im Sarntal und den damit verbundenen Eingriff in den Naturraum", verkündete sie. Sie hoffte, dass man das Zittern ihrer Stimme nicht wahrnahm. Sie musste Selbstsicherheit ausstrahlen. „Wer sich für das Projekt ausspricht, den bitte ich jetzt um ein Handzeichen."

Drei Hände schossen in die Höhe. Maria Senoner notierte die Anzahl der Stimmen. „Bitte die Stimmen gegen das Projekt."

Zwei Hände wurden gehoben. Auch Maria Senoner selbst hob die Hand. Sie fühlte sich entsetzlich schwer an. Es wurde still im Sitzungsraum. Irritiert sah sie hinüber zu Dr. Freuberg, der seine Hände zusammengefaltet auf dem Tisch ruhen ließ und keine Miene verzog.

„Enthaltungen?"

Dr. Freuberg hob seine Hand. Das konnte doch nicht wahr sein, dachte Maria Senoner und notierte es.

„Wir haben also eine Pattsituation. In diesem Fall fordert die Satzung, dass wir innerhalb von zweiundsiebzig Stunden erneut zusammenkommen und final über das Projekt abstimmen. Enthaltungen werden dann nicht mehr zugelassen. Damit ist die Sitzung geschlossen."

Sie legte ihren Stift beiseite und stand auf, um Dr. Freuberg zur Rede zu stellen. Doch dieser hatte die Sitzung bereits fluchtartig verlassen.

Neunzehn

Sonja Schwarz betrat gemeinsam mit Jonas Kerschbaumer das Büro in der Bozner Quästur. Sie liebte es zu ermitteln, den Fall voranzutreiben, immer mehr über die Umstände des toten Höllrigl zu erfahren und und auf die Lösung des Falls zuzusteuern, wer für seinen gewaltsamen Tod verantwortlich war. Sie wollte vor allem verstehen, warum der Täter oder die Täterin es auf ihn abgesehen hatte. Nun war es an der Zeit, die Informationen, die sie in den vergangenen Tagen und Stunden gesammelt hatten, zusammenzutragen.

„Das Haus, in dem Edith Höllrigl wohnt, hat Höllrigl ihr bei der Geburt von Felix zur Hälfte überschrieben. Auf seinem Anteil lastet allerdings eine Hypothek. Der einzige schuldenfreie Besitz ist der Anteil von Edith Höllrigl", begann Peter seinen Bericht.

„Wissen Sie, bei welcher Bank er seinen Anteil an dem Haus beliehen hat?", erkundigte sich Sonja.

Peter blätterte in seinen Unterlagen und fand ein Dokument, auf dem der Name *Banco Isarco* stand.

„Dachte ich mir. Von der *Banco Isarco* lag ein Brief in Edith Höllrigls Küche."

„Dann wird sich die Bank an sie als Miteigentümerin wenden, um die Raten einzutreiben, die ihr

Vater womöglich nicht mehr zahlen konnte", schloss Jonas daraus.

Sonja betrachtete die Bilder von Edith und Felix am Whiteboard. „Die Krankheit ist bei Felix erst vor relativ kurzer Zeit ausgebrochen. Deswegen ist er noch kein schwerer Pflegefall. Aber diese Form von Muskelschwund kennt kein Erbarmen. Die Behandlungen werden immer teurer. Viele Kinder landen in Spezialkliniken. Geldsorgen sind das Letzte, was Edith Höllrigl jetzt braucht."

Peter nickte nachdenklich. Auch ihm ging das Schicksal des kleinen Felix nahe.

„Wenn es hart auf hart kommt, müsste sie das Haus verkaufen und würde mit einem todkranken Kind auf der Straße sitzen."

„Schon ein Motiv, wütend zu werden. Aber einen kaltblütigen Mord an ihrem eigenen Vater traue ich ihr irgendwie nicht zu", brachte Jonas sich ein.

Sonja blieb nichts anderes übrig, als zu spekulieren: „Vielleicht ist sie am Morgen spontan zu ihrem Vater, die beiden geraten aneinander und es kommt zu dem tödlichen Vorfall. Edith ist überfordert, panisch, fasst dann aber einen klaren Gedanken: Die Dinge normal aussehen lassen. Sie geht zur Arbeit, holt dann Felix von der Schule ab und geht zum Haus ihres Vaters. Besser hätte sie den Verdacht nicht von sich ablenken können."

Inzwischen war der Bericht der kriminaltechnischen Untersuchung eingegangen. Sonja druckte ihn aus, überflog ihn und fasste ihn für ihre Kollegen zusammen.

„Erstens: Die Haare an Höllrigls Jacke stammen definitiv nicht vom Opfer, sondern von einer anderen Person, und zwar von einem Mann."

„Felix?", fragte Jonas. Sonja zuckte mit den Schultern.

„Das wäre möglich. Zweitens: Die Tatwaffe ist zweifelsfrei das Schnitzmesser, das neben der Leiche lag. Darauf befinden sich Fingerabdrücke und Hautpartikel einer einzigen Person, und zwar von einer Frau."

„Und keine von Höllrigl, obwohl es sein Messer ist?", zweifelte Peter.

Auch Jonas konnte sich keinen Reim darauf machen. „Das ergibt keinen Sinn. Warum sollte Edith Höllrigl den Griff abwischen, die Fingerabdrücke ihres Vaters und ihre eigenen entfernen und dann das Messer erneut anfassen? Und warum sticht der Täter erst zu und holt dann ein Handtuch, um die Blutung zu stillen?"

„Vielleicht besteht eine emotionale Bindung zum Opfer. Erst die blinde Wut und dann die Schuldgefühle. Es könnte also doch Edith Höllrigl gewesen sein", mutmaßte Sonja. „Ich besorge die DNA-Proben und Fingerabdrücke von ihr und Felix."

„Helmut Staffler können wir auch noch nicht ausschließen", sagte Jonas. „Soll ich eine Probe von ihm besorgen?"

Sonja schüttelte den Kopf. „Brauchen wir nicht. Der hat doch durch die Schlägerei sowieso eine ganze Reihe von Spuren an Höllrigl hinterlassen."

„Ich habe übrigens seine Aussage überprüft. Ein Taxifahrer hat ihn kurz vor zehn Uhr abends zu Hause abgesetzt. Um halb neun am nächsten Morgen hat er einen Termin bei seinem Architekten wahrgenommen", berichtete Jonas.

„Das hätte ihm genug Zeit gelassen, Höllrigl vorher einen Besuch abzustatten", entgegnete Sonja. Ganz wasserdicht war sein Alibi also nicht.

„Helmut Staffler taucht übrigens mehrfach in unserer Datenbank auf. Unregelmäßigkeiten beim Glücksspiel, unter anderem im Zusammenhang mit manipulierten Fußballspielen, auf die er selber Wetten abgeschlossen hat", sagte Peter. Er trat an das Whiteboard und tippte auf eine Leihkarte der Bibliothek, die gleich neben den Wett- und Spielscheinen hing, die sie in Vitus Höllrigls Wohnung gefunden hatten. „Das hier ist eine Mahnung der Bibliothek. Das bedeutet, dass ein Buch noch nicht zurückgegeben wurde."

Zwanzig

Toni Wolf war es leid, wie sein Schwiegervater ihn und die eigene Tochter behandelte. Immer von oben herab, immer destruktiv, kritisch, beleidigend, als wären sie reine Nichtsnutze oder, schlimmer noch, Parasiten. Dabei würde im Hotel ohne sie beide doch überhaupt nichts funktionieren. Er liebte Gabriele, doch er wünschte sich sehnlichst, dass sie sich ein einziges Mal gegen ihren Vater durchsetzen würde. Dafür war es aber längst zu spät, Gabriele hatte sich ihm zeit ihres Lebens untergeordnet.

Toni Wolf betrachtete die Planungsskizzen und die Materialproben, die auf einem Tisch gleich neben dem Wellnessbereich auslagen. Er konzentrierte sich und versuchte, sich die nächsten Schritte auszumalen. Als er einen Moment aufblickte, erkannte er Staffler, der gerade von der Baustelle zurückkam. Der Mann war sichtlich aufgebracht, was ihn aber nicht weiter wunderte. Er fand immer etwas, was ihm gerade nicht in den Kram passte. Dieses Mal war es bestimmt die Sache mit dem Installateur.

„Du brauchst dir keine Gedanken machen", versuchte er, seinem Schwiegervater zuvorzukommen. „Mein Zeitplan sieht vor, dass ..."

Staffler unterbrach ihn rüde: „Dein Zeitplan darf gerne dein Geheimnis bleiben. Morgen kommt endlich der Installateur. Aber so kann der da nicht arbeiten."

Dann zeigte er mit dem Finger auf die Ornamentkacheln, die Toni Wolf für den Spa-Bereich ausgewählt hatte.

„Wer hat das denn ausgesucht?"

„Ich. Du hast gesagt, ich soll das entscheiden."

„Ja, aber mit Geschmack. Das ist scheußlich."

„Aber das haben wir schon verbaut."

„Tja, dann: herausreißen und neu kacheln. Und zwar auf deine Kosten."

Toni Wolf kochte vor Wut, atmete aber tief durch und bemühte sich um Beherrschung.

„Klar, wie du willst. So wie immer."

Staffler schenkte ihm keine weitere Aufmerksamkeit, sondern wandte sich zum Gehen. Doch Toni war noch nicht mit ihm fertig.

„Gibt es eigentlich irgendjemanden, dem du vertraust? Ich glaube, du weißt nicht mal, was das heißt."

„Wenn du mein Vertrauen willst, verdien es dir."

„Das versuch ich doch. Aber das siehst du nicht. Warum gibst du deiner Tochter und mir das Gefühl, dankbar sein zu müssen, dass wir in deinem verdammten Hotel nicht den Dienstboteneingang benutzen müssen?"

In diesem Moment kam Gabriele Wolf um die Ecke. Sie hatte die letzte Bemerkung ihres Mannes gehört und fragte kleinlaut, was denn los sei. Ihr Vater erklärte ihr, dass er wieder einmal den Fehler gemacht habe, ihrem Mann Verantwortung zu übertragen – ganz so, als wäre dieser nicht zugegen. Und dann benutzte er das Wort „Versager". Toni Wolf wurde übel vor Zorn, sein Herz raste.

„Das siehst du so?", rief er. Staffler beachtete ihn nicht und redete unbeirrt weiter.

„… und eins sage ich dir: Einen Versager kann ich in meinem Hotel nicht brauchen. Ganz egal, ob er mit meiner Tochter verheiratet ist oder nicht."

Toni Wolf geriet in Rage und brüllte: „Ich kann's dir doch sowieso nicht recht machen! Egal wie viel ich arbeite. Egal ob ich mir den Arsch aufreiße und Überstunden schiebe. Nur das, was du selber machst, ist richtig. Was anderes lässt du nicht gelten. Du kontrollierst alles. Du lässt keinen seine Arbeit machen. Weil du alles besser weißt. Aber du weißt nicht alles. Weil du gar nicht mitkriegst, was um dich herum los ist. Du hast ja nicht mal gemerkt, was deine eigene Frau für Geheimnisse vor dir hatte!"

Staffler schwieg und sah ihn irritiert an.

„Wovon redest du?"

Seine Frau hatte glänzende Augen, sie schien den Tränen nahe. Toni Wolf wurde bewusst, dass er zu viel gesagt hatte, und machte eine wegwerfende Handbewegung.

„Ich … ach, egal. Ich lasse mir das alles hier nur gefallen, weil mir unsere Familie wichtig ist. Wichtiger als alles andere."

Einundzwanzig

Michele Lagagna war außer sich vor Wut. Er schlug mit der flachen Hand auf das Foto, auf dem Dr. Freuberg mit einer antiken Heiligenfigur in der Hand dastand. Wollte Riello ihn auf den Arm nehmen?

„Das war dein wunderbarer Plan B? Der Mann, den du angeblich am Haken hast? Du konfrontierst den damit, dass wir beweisen können, dass er geklaute Kirchenkunst gekauft hat, und was macht er: Er enthält sich?", brüllte er Riello an. Zerknirscht antwortete ihm der junge Mann, dass Maria Senoner ihm sicher kurz vor der Abstimmung ins Gewissen geredet hatte. Sie war nicht zu unterschätzen. Lagagna blieb nichts anderes übrig, als ein Ultimatum zu stellen.

„Und was ist mit deinem Einfluss? Auf die Senoner, auf Dr. Freuberg? Da erwarte ich jetzt mal Ergebnisse! Ihr habt zweiundsiebzig Stunden, die in den Griff zu kriegen!"

„Was soll das heißen: ‚ihr'?", fragte Riello beunruhigt.

Lagagna deutete mit dem Kopf Richtung Tür. Riello drehte sich um und entdeckte einen schwarz gekleideten Mann mit Sonnenbrille, der ihm gelassen zunickte.

„Das ist Sergio. Er wird dich unterstützen. Alleine bekommst du es ja anscheinend nicht hin."

Riello schluckte trocken, ohne zu antworten. Er musste sich zusammenreißen, um Lagagna nicht anzuschreien. Dieser Wachhund, der sicher ein gut bezahlter Auftragskiller war, würde seine Arbeit erheblich erschweren.

Zweiundzwanzig

Am frühen Nachmittag parkte Jonas Kerschbaumer vor Vitus Höllrigls Werkstatt. Die Sonne brannte erbarmungslos vom Himmel, über dem Sarntal häuften sich schwarze Wolken. Sicher würde es heute Abend ein heftiges Gewitter geben, das für Abkühlung sorgte. Ein wenig sehnte sich Jonas nach einer langen Bergtour, weit oben auf diesen kargen Gipfeln, wo immer frische Luft war und ein leichter Wind wehte.

Er tauchte unter dem Band durch, mit dem die Kollegen den Tatort abgesperrt hatten, durchschnitt das Siegel an der Tür und trat ein. Hier in der Werkstatt des Toten war es angenehm kühl. Jonas ging weiter in Höllrigls Wohnung und betrachtete das Bücherregal. Er war noch immer stolz auf seinen Vater, der den Leihschein der Bibliothek entdeckt hatte. Im Regal standen hauptsächlich Fachbücher über Holz und Kunsthandwerk, die waren aber nicht ausgeliehen worden. Erst am Ende des Regals ragte ein Buch mit einer Inventarnummer hervor, das offensichtlich aus einer Bibliothek stammte. Jonas nahm es heraus und entdeckte den Stempel der Universitätsbibliothek Bozen. Der Titel lautete: „Humangenetische Diagnostik: Die Diagnose von Erbkrankheiten". An einigen Stellen ragten kleine gelbe Klebezettelchen hervor. Er blätterte durch die Seiten und fand einen *rapport de laboratoire*, also einen Laborbericht, der in französischer Sprache abgefasst war. Er nahm ihn heraus, gleichzeitig fiel ein Zeitungsartikel aus dem Buch und auf den Boden. Jonas hob ihn auf und überflog den Bericht über das Hotel Staffler. „Hotel Staffler zeigt sich in neuer Pracht. Familie Staffler seit fünf Generationen führend in der Hotelbranche." Das Foto zum Bericht zeigte die Besitzer: Helmut Staffler, seine Tochter Gabriele, ihren Ehemann Toni und den kleinen Michael.

Dreiundzwanzig

Gabriele Wolf stellte ihren leergegessenen Teller auf den ihres Mannes. Dann nahm sie auch den von Michael, der an diesem Abend ohne Murren sogar sein Gemüse aufgegessen hatte. Wenn sein Vater dabei war, schien er der liebste Bub der Welt zu sein. Nur wenn sie mit ihm alleine war, tanzte er ihr auf der Nase herum, das wurde Gabriele immer mehr bewusst. Nun, er war ja noch ein Kind und vielleicht in einer Trotzphase. Es würde schon besser werden mit ihm. Bitter schluckte sie die Wut hinunter, die immer wieder in ihr hochkochte. Sie war wütend auf ihren Vater, der Toni auch heute Morgen wieder einmal wie das Letzte behandelt hatte, aber vor allem ärgerte sie sich über sich selbst, weil sie es nicht schaffte, sich gegen ihn durchzusetzen.

Toni und Michael waren im Wohnzimmer und sahen gemeinsam fern. Toni ermahnte ihn, dass er in spätestens zehn Minuten ins Bett gehen müsse. Michael gehorchte und sagte brav: „Ja, Papa."

Ihr Mann ließ Michael alleine und kam zu ihr in die Küche. Sie erschrak, als er sie berührte, so sehr war sie in ihren Gedanken versunken gewesen. Eine Gabel flog ihr aus der Hand. Schnell hob sie das Besteck auf und legte es in die Spüle.

„Was ist denn mit dir los, Schatz?", fragte Toni Wolf zärtlich. Beim Klang seiner Stimme fühlte sie einen Kloß in ihrem Hals, Tränen stiegen ihr in die Augen. Sie legte den Kopf in den Nacken und atmete tief durch.

„Ich wollte dich … ach nichts."

„Hey, nun sag schon."

„Toni, was hast du heute gemeint mit den Geheimnissen, die meine Mutter vor meinem Vater hatte?"

Es hatte sie große Überwindung gekostet, diese Frage auszusprechen, die ihr seit diesem Morgen Kopfzerbrechen und Bauchweh bereitete.

„Ach das. Ich habe für einen Moment die Beherrschung verloren. Ich wollte deinen Vater nur provozieren. War ein Fehler. Tut mir leid."

Nun nahm er sie in den Arm und drückte ihr einen Kuss auf die Stirn.

Vierundzwanzig

Sonja Schwarz setzte den linken Blinker, wartete ein paar vorbeirauschende Autos ab und fuhr dann auf die Straße in Richtung Eppan. Sie sah kurz auf die Anzeige in ihrem Wagen, es war erst sieben Uhr abends, ein richtig früher Feierabend also. Sie freute sich darauf, nach Hause zu kommen und gemeinsam mit ihrer Schwiegermutter Katharina und ihrer Ziehtochter Laura zu Abend zu essen. Es war ein warmer Sommerabend, der Himmel noch blau, heute würde es sicher nicht gewittern. Vielleicht hatten Katharina und Laura ja nach dem Abendessen Zeit, noch ein wenig im Weingut spazieren zu gehen oder den Abend bei einem Glas Wein auf der steinernen Eckbank vor dem Haus ausklingen zu lassen.

Sonja parkte ihren Wagen, betrat das Haupthaus und ging direkt in die Küche. Es duftete herrlich. Katharina war gerade dabei, eine Flasche Wein zu öffnen. Der Tisch war fürs Abendessen hergerichtet, allerdings konnte Sonja nur zwei Gedecke sehen.

„Hallo, Katharina. Wo steckt denn Laura?", fragte sie und schaute neugierig in den Ofen, aus dem ihr eine Mischung aus Hitze und Gemüseduft entgegenschlug.

„Sieht köstlich aus, was ist das?"

„Spinatroulade", erklärte Katharina und schob sie sanft beiseite, um die heiße Form aus dem Backrohr zu nehmen. Sonja lief das Wasser im Mund zusammen. „Ich vermute, Laura macht gerade Schluss mit Luca."

„Was? Aber der ist doch in Frankreich."

„Sie ist heute Mittag kurz entschlossen in den Zug gestiegen. Ich glaube, sie wollte es ihm nicht am Telefon sagen."

Sonja blickte sie ungläubig an. Bis gestern schien zwischen den beiden doch alles recht gut zu laufen – oder hatte sie Laura nicht richtig zugehört?

„Weißt du, Sonja, Laura und ich reden fast jeden Tag über das Thema. Und heute Morgen … da hatte sie zum ersten Mal so einen Mein-Herz-hat-genug-Blick. Den ich übrigens auch neulich bei dir glaube gesehen zu haben. Falls du darüber reden willst."

Dankbar lächelte Sonja ihre Schwiegermutter an. In der ersten Zeit hier im Weingut hatte Katharina ihr das Leben zur Hölle gemacht. Nun war sie fast so etwas wie ihre beste Freundin und Lebensberaterin geworden.

Katharina füllte die Teller und wünschte ihr einen guten Appetit. Sonja genoss den ersten Bissen der Roulade und schenkte beiden Wein ein. Sie betrachtete nachdenklich die schmucklose, nicht etikettierte Flasche.

„Hat Laura unsere Weine eigentlich schon dem Hotel Staffler angeboten?", fragte sie Katharina.

„Ich glaube nicht. Wie kommst du jetzt darauf?"

„Nur so. Ich war heute dort. Würden wir eigentlich gut hinpassen."

„Der alte Staffler und regionale Produkte aus ökologischem Anbau? Der steht doch im Ruf, ein besonders hartnäckiger Pfennigfuchser zu sein."

„Passt zum ersten Eindruck", antwortete Sonja bitter.

„Du kennst ihn?"

„Ich hatte heute die Ehre, den werten Herrn im Laufe einer Ermittlung kennenzulernen."

„Helmut Staffler war früher Gesprächsthema bei uns in der Damenumkleide, das sage ich dir", erklärte Katharina, ohne dabei zu lächeln. Auch sie schien ganz und gar nicht von ihm angetan zu sein.

„Echt? So aufregend fand ich den jetzt nicht."

„Er war mal ein gut aussehender Mann. Aber schon immer ein ziemliches Ekel. Seine Frau hat mit uns geturnt. Yvonne hieß sie. Erst wollte sie sich nur fit halten, dann hat sie den Sport als Auszeit genossen, als Helmut-freie Zone. Alle wussten, dass die Ehe nichts mit Liebe zu tun hat. Das war ein Geschäft, bei dem es um Fruchtbarkeit ging. Helmut wollte seinen Kronprinzen. Einen Erben. Und dann ist sie auch noch früh gestorben, kurz nach der Geburt des Kindes."

„Tragisch. Aber Staffler hatte, was er wollte. Sein Kind."

„Wie man's nimmt. Ein Sohn wäre ihm wohl lieber gewesen. Ich kann mir kaum vorstellen, dass er mit einer Tochter als Hotelerbin zufrieden ist. Sein Frauenbild ist ziemlich …", Katharina suchte nach dem passenden Wort. „… veraltet?", versuchte es Sonja.

„Schlimmer", antwortete Katharina und nahm einen Schluck Wein. Dann stellte sie das Glas ab und fand die richtigen Worte für Helmut Staffler: „Er hat keinen Respekt vor Frauen."

Fünfundzwanzig

Nach dem Abendessen wollte Sonja beim Abwasch helfen, doch Katharina schenkte ihr noch einen Schluck Wein ins Glas und schob sie sanft aus der Küche.

„Du hast heute Abend frei", sagte sie entschlossen.

Sonja bedankte sich mit einem Lächeln, nahm ihren Wein und setzte sich auf die steinerne Eckbank, die sich gleich an der Einfahrt des Weinguts befand. Sie hatte die Sonnenwärme des Tages gespeichert. Als sie sich einen Moment lang zurücklehnte, fühlte sie die angenehme Wärme an ihrem Rücken. Langsam nippte sie an ihrem Wein und genoss die kühle Herbe, die er in ihrer Kehle hinterließ. Sie sah auf ihr Handy und überlegte kurz, ob sie Laura anrufen sollte, doch dann entschied sie sich dagegen. Ganz sicher hatte ihre Ziehtochter im Moment keine Lust, ihr diese spontane Reise und wichtige Entscheidung zu erklären. Sonja war sich sicher, dass Laura ihren Entschluss gut überlegt hatte und das Richtige tat. In ein paar Tagen würde sie nach Hause kommen und ihr erklären, warum sie nicht mehr mit Luca zusammen sein wollte.

Sonja hörte Schritte, die langsam über den Schotterweg kamen. Es war Katharina, sie setzte sich zu ihr. In ihrer Hand hielt sie ein kariertes Küchenhandtuch, faltete es säuberlich zusammen und legte es neben sich. Sonja reichte ihr ihr eigenes Weinglas, Katharina trank einen Schluck und atmete tief durch.

„Lass uns ein paar Schritte gehen", schlug sie vor.

Sonja erhob sich ein wenig schwerfällig von der Bank und spazierte langsam neben ihr her.

„Heute Morgen habe ich sie gesehen", sagte Katharina und lächelte.

Sonja verstand nicht.

„Wen hast du gesehen? Unangekündigte Besucher?"

Sie wusste, dass Katharina gerne das Weingut zeigte und die Leute herumführte, allerdings war es ihr lieber, wenn man sie vorher anrief.

„Nein", lachte sie, „die Rehe. Bei Sonnenaufgang sind sie hier durch den Chardonnay spaziert. Haben wohl einen Frühschoppen veranstaltet."

„Schöne Tiere?", fragte Sonja.

„Sie waren wundervoll. Eines war ganz besonders neugierig und hat sich sogar kurz auf den Weg getraut."

In dem kleinen Gärtchen, das sich neben den Weinreben befand, blühte der Lavendel. Sein Duft vereinte sich mit dem des Rosmarins, eine betörende Mischung, fand Sonja, und ließ die Nadeln des Rosmarins durch ihre Hände gleiten. Dann roch sie an ihren Fingern und hatte sofort das Gefühl, tiefer atmen zu können. Ein leichter Wind kam auf und ließ ein paar Weinblätter zittern. Vorsichtig betraten Sonja und Katharina das Gras und gingen langsam durch die Rebzeilen.

„Dieses Jahr ist die Ora nicht so stark", bemerkte Katharina und blieb kurz stehen, um einen Trieb zurückzustecken, der sich im warmen Wind befreit hatte. Mit wissendem Blick betrachtete sie die kleinen, weißen Trauben, die nun täglich größer und reifer wurden. Sonja griff nach ihnen, in diesem jungen Zustand fühlten sie sich an wie kleine Plastikperlen. In ein paar Monaten würden sie ihre Farbe und Größe verändern, ihre Haut würde dünner und die Früchte würden süßer werden.

„Du meinst den Wind vom Gardasee?"

Katharina nickte nachdenklich.

„Dafür sind die Gewitter umso heftiger. Auch die Gewitter zwischen Laura und Luca. Ich mache mir Sorgen um sie", sagte sie dann. „Luca macht sie unglücklich. Ich hoffe, das Ganze findet bald ein Ende."

„Laura trifft ganz bestimmt die richtige Entscheidung. Lass sie mal machen", beruhigte Sonja sie.

Schweigend gingen sie nebeneinander her, bis sie das Ende des Weinguts erreichten, und kehrten dann langsam zurück bis zur kleinen Kapelle.

„Ich werde schlafen gehen. Gute Nacht, Sonja", verabschiedete Katharina sich von ihr.

Sonja blieb. Sie genoss den Ausblick, den sie vom Weingut oberhalb der Dorfgemeinde Eppan hatte. Solche Weitblicke waren ihr in ihrem früheren Leben in Frankfurt nie vergönnt gewesen. Während sie dort stand und dem Zwitschern der Amseln lauschte, ließ sie unbewusst ihr neues Leben hier in Südtirol Revue passieren.

Die erste Zeit hier im Weingut war nicht einfach gewesen. Katharina hatte ihr das Leben schwer gemacht, sie mit kleinen und großen Gehässigkeiten attackiert und versucht, einen Keil zwischen sie und ihren Mann Thomas zu treiben. Kaum zu glauben, dass ihre Schwiegermutter und sie sich inzwischen so gut verstanden. Doch nicht nur im Weingut hatte sie mit Turbulenzen zu kämpfen gehabt: Kaum war sie in Südtirol angekommen, um ihre neue Arbeit im Bozner Präsidium zu beginnen, wurde sie auch schon in eine Schießerei verwickelt. Was für ein Auftakt, dachte sie sich. Der erste Fall, mit dem Sonja damals betraut worden war, würde sie lange Zeit nicht mehr loslassen. Man hatte das Skelett einer jungen Frau gefunden, die seit über zehn Jahren vermisst worden war. Und unter Mordverdacht war damals kein Geringerer als ihr Mann Thomas gestanden.

Sonja war fest entschlossen gewesen, seine Unschuld zu beweisen. Dazu war sie gezwungen, sich mit einem einflussreichen Lokalpolitiker auseinanderzusetzen, der ebenso als Täter in Frage kam. Gleichzeitig hatte sie eine Serie von Mafiamorden stoppen müssen. Was für ein heilloses Durcheinander, dachte Sonja und hoffte, dass der Schlag gegen die Mafia dieses Mal gelingen würde.

Sonja hatte trotz aller Widrigkeiten nicht aufgegeben, den Beweis für die Unschuld ihres Mannes zu suchen. Ausgerechnet ihre Ziehtochter Laura hatte ihr damals einen entscheidenden Hinweis gegeben, der den Verdacht gegen den Politiker namens Keller erhärtete. Die Situation hatte sich daraufhin weiter zugespitzt. Bei einem Anschlag, der eigentlich ihr galt, wurde Thomas lebensgefährlich verletzt. Während sie, Katharina und Laura um sein Leben bangten, musste Sonja im Fall eines tödlich verunglückten Mannes, dessen Unfall mit seinem Mountainbike auf eine heimtückisch gelegte Nagelfalle zurückzuführen war, ermitteln. Gleichzeitig versuchte sie, Keller den Anschlag nachzuweisen. Zu dem Kreis der Verdächtigen gesellte sich dann auch der Mafiakiller Lorenzo Saffione.

Kurze Zeit später war Matteo Zanchetti in Sonjas Leben getreten – als ihr neuer Vorgesetzter und beinahe auch als ihr Geliebter. Es musste im Herbst gewesen sein, sie konnte sich daran erinnern, dass man auf dem Gut der Koflers die Leiche einer Erntehelferin gefunden hatte. Zwischen ihr und Laura hatte dieser Fall für Zündstoff gesorgt, da Laura mit den Koflers befreundet war. Außerdem hatte sie gerade erst ihren Vater verloren: Thomas hatte den Anschlag nicht überlebt.

Sonja versuchte kurz, den Gedanken an ihren verstorbenen Mann Thomas abzuschütteln. Wie weh es immer noch tat, ihn nie wieder sehen, spüren und riechen zu dürfen, nie wieder mit ihm reden zu können. Er hatte eine Leere in ihr hinterlassen, die noch immer schmerzte.

Sonja ging ein paar Schritte umher und blieb bei der alten Zirbe stehen, die schon ein halbes Jahrhundert hier am Weingut stand. Sie befühlte ihre weichen Nadeln und begab sich wieder in die eigene Vergangenheit.

In ihrem nächsten Fall war ein pensionierter Richter in seinem Haus mit der eigenen Waffe erschossen worden. Man hatte den Richter gerichtet, ein heikles Unterfangen. Hinzu kam eine Serie von Einbrüchen, bei denen die Alarmanlagen auf rätselhafte Weise versagt hatten.

Dann geschah der Mord an einem Kraftfahrer im Laaser Marmorwerk. Gleichzeitig erwies sich Jonas' Freundin Sofia als undichte Stelle in der Kripo, weil sie der Mafia Informationen zuspielte. Kurze Zeit später tauchte auch noch die Sonderermittlerin Carla Pisani auf und nahm Matteo ins Visier, der nachts dem Pokerspiel frönte. Schon bald hatte Matteo, genau wie der ermordete Kraftfahrer, hohe Schulden beim Spielhallenbesitzer Franco Gentile. Auf Matteo wurde ein Anschlag mit einer Autobombe verübt, dem er aber entgehen konnte. Es stellte sich heraus, dass der Mafioso Saffione den Anschlag in Auftrag gegeben hatte, weil er Matteo für den Tod seiner Kinder verantwortlich machte.

Damals, so erinnerte Sonja sich, jagte ein Mord den nächsten. Man hatte Teresa Gamper ermordet, die Buchhalterin des Bürgermeisters. Als dann auch noch ein Dorfpfarrer erstochen wurde, wusste Sonja endgültig, dass die Idylle in Südtirol mehr als nur trügerisch war. Einen Junkie hatte man erschlagen aufgefunden und die Tochter eines Sport-Unternehmers entführt. Der Vater selbst wurde ebenso überfallen und erpresst, damit er weiter mit der Mafia kooperierte.

Dann begann die Zeit, in der Sonja in direkten Kontakt mit der Mafia geriet und Riccardo Riello kennenlernte. Matteo Zanchetti war damals nach Bari geflogen, um mit Saffione reinen Tisch zu machen. Zu diesem Zeitpunkt war Laura mit Luca zusammengekommen und hatte sich Hals über Kopf dazu entschlossen, ohne Erlaubnis mit ihm zu verreisen. Sonja folgte ihr, um sie zu suchen, und traf dabei auf Riccardo Riello, der sich als hilfsbereiter Taxifahrer ausgab. Widerstrebend verliebte sie sich in ihn, bis sich herausstellte, dass er ein Kollege war, der verdeckt ermittelte, und alles ein abgekartetes Spiel gewesen war. Sonja konnte sich noch ganz genau an den Moment erinnern, als sie Laura gefunden hatte, sie zum Zug begleitete und diese sie unter Tränen bat, sie „Mama" nennen zu dürfen, auch wenn sie nicht ihre leibliche Mutter war. Dieser Augenblick sorgte bei Sonja immer noch für Gänsehaut.

Einige Zeit später überführte man den Mafiapaten Enzo Saffione nach Bozen, wo ihm der Prozess gemacht werden sollte. Auf dem Weg zu seinem Haftprüfungstermin wurde der Polizeitransporter überfallen, Saffione befreit und schließlich von seiner eigenen Stellvertreterin Giulia Santoro getötet. Ebendiese Frau, die kaltblütiger kaum sein konnte, organisierte Monate nach dem Mord an Saffione ein Treffen in einem Schlosshotel, bei dem wieder einmal eine Bombe explodierte.

Vor wenigen Monaten musste Sonja, die inzwischen den Posten als Capo Commissario übernommen hatte, weil Matteo auf eigenen Wunsch zur *Direzione Investigativa Antimafia* in Rom gewechselt war, einen sonderbaren Fall klären: Während der Nachstellung der

Bergiselschlacht des Andreas Hofer wurde ein Darsteller durch den Pfeil aus einer Armbrust getötet. Währenddessen trieb Lagagna seine Affäre um das Pumpspeicherkraftwerk weiter voran. Es war wirklich an der Zeit, diesen Mafiaboss endlich hinter Schloss und Riegel zu bringen.

Erst jetzt bemerkte Sonja, dass es inzwischen dämmerte. Sie wollte gerade zum Haupthaus zurückgehen, als sie ganz aus der Nähe ein Rascheln vernahm. Sie erschrak kurz, blieb aber still und erkannte erst bei genauem Hinsehen, dass das mutige Reh wieder auf der Zufahrtsstraße stand und sie neugierig beäugte.

Sechsundzwanzig

Edith Höllrigl hatte wieder einmal eine schlaflose Nacht verbracht und sich, gequält von Sorgen und Gedanken um ihre und Felix' Zukunft, stundenlang im Bett herumgewälzt. Wie sie es auch drehte und wendete, es stand schlecht um sie. Gegen sechs Uhr morgens war sie aufgestanden, hatte gefrühstückt und den Haushalt erledigt. Dann hatte sie Felix geweckt und auch ihm Frühstück zubereitet. Cornflakes mit Milch und Zucker, das bekam er nur selten, er hatte eine ganze Schüssel mit Appetit in sich hineingeschaufelt. Ediths Blick fiel auf den Wäschekorb am Hauseingang. Sie zeigte darauf und Felix sah ihn neugierig an.

„Was müssen wir den nassen Hemden unbedingt beibringen?"

Felix verstand und lachte kurz auf. „Das Fliegen!"

„Und wer ist hier der Fluglehrer?"

Felix rief laut: „Iiiich!", und lief zum Wäschekorb, zog ein Unterhemd heraus und lief damit, so schnell er konnte, zu Edith, die bereits an der Wäschespinne im Garten auf ihn wartete.

Sonja bremste, löste den Sicherheitsgurt und blieb noch einen kurzen Augenblick im Wagen sitzen. Edith Höllrigl und ihr Sohn Felix schienen einen unbeschwerten Moment zu genießen, den sie nur ungern stören wollte. Immer wieder rannte Felix zu dem langsam niedriger werdenden Wäscheberg und brachte seiner Mutter ein Stück nach dem anderen, damit sie es aufhängte. Dabei machte Felix laute Flugzeuggeräusche.

Langsam öffnete Sonja die Fahrertür, schloss sie leise und ging ohne Eile auf die beiden zu.

„Guten Tag, Frau Schwarz", wurde sie von Edith Höllrigl begrüßt. Die junge Frau hatte tiefe Ringe unter den Augen, sie zeugten von wenig Schlaf und vielen Sorgen.

Sonja beugte sich zu Felix hinunter und lobte ihn: „Hallo, Felix. So einen Helfer wie dich hätte ich auch gerne an meinem nächsten Waschtag. Weißt du, was wir gestern den ganzen Tag gemacht haben?"

Felix sah ihr direkt in die Augen und schüttelte den Kopf.

„Wir haben Spuren gesucht. Das macht die Polizei ganz schön oft."

„Und welche habt ihr gefunden?"

„Fingerabdrücke."

Felix sah sie mit großen Augen an. Sonja erhob sich wieder und wechselte einen Blick mit Edith Höllrigl, die längst ahnte, was die Kommissarin als Nächstes verlangen würde.

„Felix", sagte sie, „holst du bitte die Wäscheklammern? Sie sind in der rechten Küchenschublade."

Dann wandte sie sich an Sonja und sah sie ernst an.

„Was wollen Sie?", fuhr sie sie schroff an.

„Frau Höllrigl, wir haben Haare auf der Jacke Ihres Vaters gefunden. Möglicherweise von Felix. Und wir haben die Fingerabdrücke einer Frau auf der Tatwaffe gefunden."

Sonja erntete einen irritierten Blick von der jungen Frau.

„Und was wollen Sie jetzt von uns?"

„Ich müsste Ihnen und Felix Fingerabdrücke abnehmen und wir brauchen DNA-Proben."

„Heißt das, dass Sie mich verdächtigen?"

„Wir brauchen die nur, um Sie von den Untersuchungen auszuschließen."

Edith Höllrigl zögerte kurz, dann willigte sie ein.

Sonja ließ es ruhig angehen. Sie setzte sich mit Felix an den kleinen Tisch, der im Garten stand. Von seiner Aufgabe als Fluglehrer für die gewaschene Wäsche hatte seine Mutter ihn kurzfristig entbunden; nun musste er der Polizei bei der Spurensuche helfen, was noch viel wichtiger war. Sonja nahm seine Fingerabdrücke ab.

„Siehst du die ganzen Linien? Das nennt man einen Fingerabdruck. Und deinen gibt es nur einmal auf der ganzen Welt", erklärte sie ihm. Felix betrachtete interessiert das Papier und sah sich die Abdrücke seiner Fingerkuppen an.

„So, jetzt müssen wir noch einen kleinen Test machen. Keine Angst, das tut nicht weh. Mund auf."

Mit einem Wattestäbchen fuhr sie Felix kurz an der Innenseite seiner Wange entlang.

„So, und jetzt ist Mama dran", sagte sie und strich Felix über die kurzen Haare.

„Welchen Grund sollte ich gehabt haben, meinem Vater etwas anzutun? Ich habe schon genug Probleme", fragte Edith Höllrigl, während sie sich die Tinte von den Fingerspitzen wusch.

„Die Sie zu einem nicht unerheblichen Teil Ihrem Vater zu verdanken haben, oder? Als Sie das letzte Gespräch mit ihm geführt haben, ging es da um die Schulden, die auf dem Haus lasten?"

„Wissen Sie, was ich im Monat verdiene? Dann kommt so was. Ich sei ‚gesamtschuldnerisch haftbar' und das Haus müsse veräußert werden, wenn ich die Kreditraten nicht bedienen kann. Das kann ich natürlich nicht."

Das Gesicht der jungen Frau verzog sich vor Bitterkeit. Wütend tippte sie auf einen Brief der Bank, den sie zuvor auf den Küchentisch gelegt hatte.

„Den hab ich ihm gezeigt."

„Was hat Ihr Vater dazu gesagt?"

„Er meinte, dass ich mir keine Sorgen machen soll. Außerdem hat er versprochen, dass er eine Lösung für das alles hat und dass für Felix gesorgt wird."

Sonja hörte das Beben in ihrer Stimme und bemerkte die aufsteigenden Tränen. Sie konnte die Verzweiflung der jungen Frau nachvollziehen.

„Aber wie, das hat er mir nicht gesagt."

Siebenundzwanzig

Die Limousine hielt direkt vor dem Bürogebäude der *EcoLadinia*. Dr. Alberto Varese schob seine Sonnenbrille zurecht, blickte noch ein letztes Mal auf sein Mobiltelefon und stieg aus dem Luxuswagen. Der Fahrer startete das Fahrzeug, um in der Nähe nach einem Parkplatz zu suchen.

Varese blieb an der Tür stehen, betrachtete das glänzende Eingangsschild, sein eigenes Gesicht spiegelte sich darin. Ohne die dunkle Sonnenbrille abzunehmen, betrat er das Büro.

Als Lagagna ihn erblickte, stand er überrascht auf.

„Avvocato Varese, Ihr Kommen war für morgen angekündigt."

„Buon pomeriggio, Signor Lagagna", antwortete Varese, ohne sein verfrühtes Erscheinen zu rechtfertigen oder ihm gar die Hand zu reichen. Lagagna sollte inzwischen klar sein, wer hier das Sagen hatte. Sein Blick traf den des jungen Riello, der an seinem Schreibtisch saß und ihn interessiert beobachtete. Nach diesem ersten Kräftemessen hielt Varese es nun doch für angebracht, Lagagna nicht noch mehr zu verunsichern.

„Unter den gegebenen Umständen befürworten mehrere an diesem Geschäft Beteiligte meine Anwesenheit vor Ort. Nennen wir es das Vier-Augen-Prinzip. Ich hoffe, Sie empfinden das nicht als unangenehm?"

„Keinesfalls, Herr Anwalt. Haben Sie schon gegessen?"

„Im Flugzeug?", entgegnete Varese. Eine dümmere Frage hätte dieser Nichtsnutz ihm wirklich nicht stellen können.

„Natürlich nicht. Ich lass uns was kommen."

Wie leicht Lagagna sich doch von ihm einschüchtern ließ, dachte Varese und schmunzelte unmerklich.

Lagagna erhob sich von seinem Chefsessel, ging zu seinem jungen Handlanger und flüsterte ihm etwas zu. Daraufhin verließ dieser das Büro mit einem schmalen Nicken in Vareses Richtung.

Achtundzwanzig

Jonas Kerschbaumer legte seinen Wanderrucksack auf die Rückbank, stieg ins Auto und fuhr mit einem Lächeln los. Sonntag, Wandertag, genau wie er es sich vor einigen Tagen gewünscht hatte. Das Thermometer zeigte zwanzig Grad an – ein fast schon kühler Sommermorgen im stickigen Bozner Talkessel. Heute hatte er sich mit niemandem verabredet, diese Tour vom Durnholzer See über das Latzfonser Kreuz wollte er alleine machen. Er kannte die Strecke, sein Vater, der aus dem Eisacktal stammte, hatte ihn als Jungen oft dorthin mitgenommen.

Die Benzinanzeige leuchtete auf und Jonas hielt an der nächsten Tankstelle an, um seinen Wagen vollzutanken. Während er einen Fünfzig-Euro-Schein in den Automaten steckte, sah er, dass an der Methanzapfsäule ein Mann stand, der offensichtlich Probleme hatte. Jonas erkannte ihn, es war sein Arbeitskollege aus der Diebstahlabteilung. Er musste kurz nachdenken, dann fiel ihm sein Name ein: Filippo Magnabosco. Jonas hob die Hand zum Gruß, doch der Kollege schenkte ihm keine Beachtung und rüttelte nun noch heftiger an dem Tankzapfen. Während Jonas seinen Wagen volltankte, sah er immer wieder zu Filippo, der nun lautstark telefonierte und dann fluchend das Handy wieder wegsteckte. Jonas ging zu ihm hinüber und begrüßte ihn mit einem freundlichen Nicken.

„Filippo?"

„Ja – und Sie sind? Ach du meine Güte, entschuldige, Jonas. Hallo!"

„Ist alles in Ordnung?"

„Nein. Diese verdammte Zapfsäule gibt mein Auto nicht frei. Der Schlauch klemmt im Tank fest, der Tankwart hat heute frei und ich darf hier warten, bis der Techniker kommt. Womöglich den ganzen Tag."

Jonas versuchte ebenfalls sein Glück, doch auch er konnte den Schlauch nicht herausziehen.

„Kann ich irgendetwas für dich tun?", fragte er Filippo hilflos.

„Nein, da muss der Techniker ran. Ich werde wohl oder übel hierbleiben müssen. Und das bei der verdammten Hitze."

„Tut mir ehrlich leid, dass ich dir nicht helfen kann. Ich habe zwei Liter Wasser im Auto und ein paar Müsliriegel. Kommst du damit über die Runden?"

Bei dem Wort Müsliriegel verzog der Kollege zwar leicht das Gesicht, er nahm den Proviant aber doch gerne an und bedankte sich herzlich. Jonas wünschte ihm Glück und fuhr in das Sarntal, wo seine Bergtour am Durnholzer See beginnen würde.

Mit seinem nun deutlich leichteren Rucksack auf den Schultern machte Jonas sich auf den Weg. Ein paar wenige Einheimische kamen ihm am Ufer des Sees entgegen, ein Mann packte seine Fischerrute aus, Jonas wünschte ihm mit einem fröhlichen „Petri Heil!" viel Erfolg beim Angeln. Er ging bis zum nördlichen Ende des Sees und stieg dann durch ein kleines, steiles Waldstück bis zur nächsten Straße hinauf. Ein paar Vögel zwitscherten, hier und da hörte er Kuhglocken, dann das dumpfe Aufeinanderprallen der Hörner, als auf der Wiese zwei Geißböcke rauften. Wie sehr hatte ihm das gefehlt, er vermisste die Hitze und Enge der Stadt in diesem Moment nicht im Geringsten.

Langsam gewann der Wanderweg an Höhe. Beim Münich-Brunnen machte Jonas kurz Halt, er hatte inzwischen ordentlich Durst bekommen und ärgerte sich jetzt doch darüber, dass er seinen gesamten Wasservorrat dem vom Pech verfolgten Kollegen überlassen hatte. Umzudrehen war aber keine Option, zu sehr hatte er sich auf die heutige Wanderung gefreut.

An der Fortschellscharte sah Jonas auf seine Fitnessuhr, die ihm nun anzeigte, dass er auf 2300 Meter über dem Meer war. Die Höhe machte ihm nichts aus, doch das Frühstück lag lange zurück und er wusste, dass er noch mindestens eine Stunde bis zur Hütte am Latzfonser Kreuz brauchen würde. Auch von seinen Müsliriegeln hatte er sich verabschiedet. Mit knurrendem Magen und trockener Kehle erinnerte er sich an die Worte seines Vaters:

„Egal, ob du auf den Berg oder auf die Jagd gehst: Immer genug Wasser und Kekse dabeihaben. Und das Regengewand."

Immerhin hatte er die Regenjacke dabei, dachte Jonas, doch dann fiel ihm ein, dass er dieses Mal den kleineren Wanderrucksack gepackt hatte. Als er ihn durchsuchte, stellte er fest, dass die Regenjacke wohl zu Hause geblieben war. Er sah in den Himmel, es waren nur ein paar Schönwetterwolken über der Kassianspitze zu sehen und die Wettervorhersage hatte erst für den Abend Gewitter angekündigt. Es würde schon schiefgehen, dachte Jonas und ging weiter.

Eine Dreiviertelstunde später konnte er endlich den Kirchturm des Latzfonser Kreuzes erkennen. Ihm schwindelte ein wenig, als er sich an den Stahlseilen festhielt, die den Weg über den Schutthang sicherten. Ihm war etwas mulmig, sein Magen war flau, er merkte, dass er dringend essen und trinken musste. Nur noch ein paar Hundert Meter, zehn Minuten, dann bin ich da, munterte er sich selbst auf und ging zur Hütte hinunter.

Nachdem er die Hirtennudeln gegessen hatte, fühlte Jonas sich sofort besser. Er blickte noch einmal in den Himmel, die Wolken über der Kassianspitze waren nun größer und dunkler, doch in der anderen Himmelsrichtung schien die Sonne und es wehte ein leichter, lauer Wind. Noch drei Stunden zu Fuß, dann würde er wieder am Auto sein.

Beschwingt vom guten Essen machte er sich auf in Richtung Pfattner Albl. Auf halbem Weg dorthin, der ihn über ein Geröllfeld führte, fluchte er laut: Er hatte vergessen, in der Hütte eine Flasche Wasser zu kaufen. Das Mittagessen war sehr schmackhaft gewesen, doch nun machte sich der Durst noch mehr bemerkbar als zuvor.

Die rot-weißen Wegweiser führten ihn über Geröllfelder zurück ins Tal. Von seinem Vater wusste er, dass auch hier eine Quelle war, die sich Echoquelle nannte und herrlich frisches Bergwasser führte. Als er an dem kleinen Wegweiser ankam und zur Quelle rennen wollte, um seinen Durst zu stillen, erkannte er dort eine mächtige Kuh, die gerade dabei war, ihr Geschäft zu verrichten. Den Mut, das große Tier von der Wasserstelle zu verjagen, brachte Jonas nicht auf.

Er lief weiter in Richtung Tal. Ein Wegweiser verriet ihm, dass es bis Durnholz noch etwa eine Stunde zu Fuß war. Weit und breit war kein Mensch zu sehen, weder Einheimische noch Touristen, die ihm vielleicht mit einem Schluck Wasser hätten aushelfen können. Seine Füße schmerzten inzwischen, die Schotterstraße schien sich unter ihm zu bewegen. Immer wieder musste er anhalten, sich in den Schatten stellen und tief durchatmen, um nicht umzukippen. Sein Kopf pochte heftig und ihm war übel.

Langsam lief Jonas weiter. Plötzlich hörte er ein Klickern, er sah sich um, ein klitzekleiner Eiswürfel hatte ihn getroffen. Er sah in den Himmel hinauf, er war pechschwarz und in ein gelbliches Licht getaucht. Blitze zuckten, Donner grollten, dann öffneten sich alle Schleusen und ein heftiger Hagelschauer ging nieder. Jonas nahm seinen Rucksack ab und schützte damit seinen Kopf, rannte weiter, erkannte in dem Toben eine kleine Holzhütte und stieß die Tür auf. Zumindest war er nun vor den Hagelkörnern in Sicherheit. Die Hütte war leer, ein paar alte Bretter und die Reste einer zerschlissenen Militärdecke lagen herum. Jonas wartete ab. Die Luft wurde kühler, sofort fühlte er sich ein wenig besser und auch die Übelkeit ließ ein wenig nach. Er dachte wieder an seinen Vater Peter, der bei jeder Wanderung eine rote Keksdose mit der Abbildung des Schlern und drei oder vier Liter Wasser aus dem Rucksack gezaubert hatte.

Der Hagelschauer ging in Regen über und Jonas traute sich aus seinem Versteck. Langsam, um nicht noch mehr Energie zu verschwenden, ging er bis zum Durnholzer See hinab. Bei einem Wirtshaus machte er kurz Halt und ließ sich das beste Mineralwasser bringen, das er je in seinem Leben getrunken hatte.

Auf dem Rückweg nach Bozen fuhr Jonas bei der Tankstelle vorbei, wo er an diesem Morgen auf seinen Kollegen Filippo getroffen war. Das Auto stand noch dort, der Kollege war nirgendwo zu sehen. Jonas bog in die Tankstelle ein. Er näherte sich dem Fahrzeug und sah, dass Filippo auf dem Fahrersitz eingenickt war. Jonas klopfte an die Scheibe, Filippo zuckte zusammen und öffnete die Fahrertür.

„Und ich hatte gehofft, du wärst der Techniker", brummte er. Auf seiner Stirn stand Schweiß.

„Hat er denn gesagt, wann er kommt?", fragte Jonas.

„Nein, aber er meinte, es könne unter Umständen auch Montagfrüh werden."

„Das bringt doch nichts, hier herumzusitzen. Komm, steig ins Auto, ich bring dich heim."

Mit einem Ächzen stieg Filippo aus seinem Fahrzeug Fahrzeug und Jonas fuhr ihn bis vor seine Haustür. Gerade als Jonas mit einem Winken weiterfahren wollte, rannte Filippo zu seinem Auto zurück und rief:

„Ich fürchte, ich muss den Schlüsseldienst rufen. Das Schloss ist wohl kaputt, jedenfalls komme ich nicht in die Wohnung."

Neunundzwanzig

Sonja Schwarz betrat das Polizeipräsidium in der Bozner Altstadt. Hinter den dicken Mauern des alten Gebäudes herrschte immer eine angenehme, kühle Luft, die ihr Energie verlieh. Sie nahm zwei Stufen auf einmal, um in ihr Büro zu gelangen und Peter die DNA-Proben von Edith und Felix Höllrigl zu überreichen.

„Ich schicke sie gleich ins Labor", sagte Peter mit nachdenklichem Blick. Die Falten auf seiner Stirn schienen sich vertieft zu haben. Der Fall ging ihm wohl näher, als er sich eingestehen wollte, vielleicht weil auch ein Kind involviert war. Er zeigte auf die Tageszeitung, die auf seinem Tisch lag. Sonja überflog die Schlagzeile auf der ersten Seite.

Nach erster Abstimmung im Landtag: Pumpspeicherwerk auf der Kippe?

„Schon gelesen?", fragte Peter sie.

Sonja nahm die Zeitung hoch, las die ersten Zeilen und ging dann ein paar Schritte zur Seite. Dann suchte sie nach Riellos Nummer auf ihrem Smartphone, tippte sie an und wartete. Riello nahm zunächst nicht ab, dann wurde der Anruf weggedrückt. Er schaffte es immer wieder, sie wütend zu machen.

Einen Augenblick später betrat Jonas das Büro. Er legte ein Buch auf den Schreibtisch seines Vaters und zog einen alten Zeitungsartikel heraus. Er sah müde aus, fast so, als hätte er eine durchzechte Nacht hinter sich. Sonja überflog den Titel des Fachbuchs, er lautete: „Humangenetische Diagnostik".

„Das Buch habe ich bei Höllrigl gefunden. Darin lag dieser Zeitungsausschnitt. Und ein Laborbericht aus Bayonne", berichtete Jonas und unterdrückte ein Gähnen.

„Bayonne? Hm. Edith Höllrigl hat erwähnt, dass ihre Mutter nach Frankreich gezogen ist."

„In diesem Laborbericht wird bestätigt, dass sich Frau Höllrigl einem Gentest unterzogen hat. Ein Negativ-Befund."

Sonja runzelte die Stirn, sie verstand nicht: „Was wurde bei diesem Test untersucht?" „Der Reihe nach", bremste Jonas sie. Er blätterte durch das Buch und öffnete es an einer markierten Stelle. „Das hat sich Höllrigl ausgeliehen." Er nahm die Mahnung der Bibliothek vom Whiteboard. „Und zwar schon vor über einem halben Jahr. Es beschäftigt sich mit der Vererbung von Krankheiten. Besonders interessiert hat er sich für den X-chromosomal-rezessiven Erbgang. Demnach sind Frauen im heterozygoten Zustand bei Muskeldystrophie nur Konduktorinnen."

Er sah in die fragenden Gesichter seiner Kollegen und klappte das Buch zu.

„Die Krankheit, die Felix hat, kann nur durch die Mutter übertragen werden. Allerdings merken die

Frauen nichts davon, sie haben keine klinischen Symptome – und ihre Töchter auch nicht. Zu einer schweren Erkrankung, die leider unausweichlich zu einem frühen Tod führt, meist mit Mitte zwanzig, kommt es nur bei männlichen Nachfahren. Bei Frauen mit dem Krankheitsgen kommt es vereinzelt zu einer moderaten Herzschwäche, mehr nicht."

„Das bedeutet, Edith Höllrigl hat ihrem Sohn unbemerkt eine tödliche Krankheit vererbt?", schloss Sonja daraus.

„Durchaus möglich. Allerdings hat sie diese Krankheit nicht von ihrer Mutter geerbt. Ihre Mutter hat das Krankheitsgen nicht, das bestätigt der Befund aus Frankreich. Also entweder ist Edith Höllrigl gar nicht ihre Tochter …"

„… oder Edith Höllrigl ist nicht die Mutter von Felix", kombinierte Sonja und zeigte ihren Kollegen ein zufriedenes Lächeln.

Sie waren einen entscheidenden Schritt weitergekommen.

„Jonas?", fragte sie dann, als dieser sich gerade schwerfällig an seinen Schreibtisch setzen wollte. „Ist alles in Ordnung bei dir? Du siehst furchtbar aus."

„Lange Geschichte", brummte er.

„Wohl eher eine lange Nacht, oder?", kommentierte sein Vater mit einem Schmunzeln.

„Ich weiß jetzt jedenfalls, dass du manchmal mit deinen Weisheiten recht hast", erklärte Jonas missmutig, schenkte sich ein Glas Wasser ein und löste eine Kopfschmerztablette darin auf.

„Ich dachte, du warst gestern wandern und nicht zechen", grinste Sonja.

„Das war ich auch, nur habe ich beim Tanken einen Kollegen getroffen. Er hatte Probleme mit seinem Wagen und ich habe ihm mit meinen Wasservorräten ausgeholfen, weil er auf den Techniker warten musste. Ich bin auf der Bergtour fast verdurstet und dann in ein Gewitter geraten. Ein Unglück kommt selten allein."

„Welcher Kollege?", fragte Peter neugierig.

„Filippo, ich weiß nicht, ob du ihn kennst", antwortete Jonas und massierte seine schmerzenden Schläfen.

„Der Pechvogel aus der Diebstahlabteilung?", lachte er. Peter kannte ihn nur zu gut, Filippos gepachtetes Unglück war in der gesamten Quästur nur allzu bekannt.

„Genau der", sagte Jonas und trank mit bitterer Miene seine Medizin.

Dreißig

Maria Senoner hatte alle Termine abgesagt und war auf direktem Weg nach Hause gefahren. Dr. Freubergs Enthaltung in der Angelegenheit des Pumpspeicherkraftwerks im Sarntal ließ ihr keine Ruhe. Ihr Körper war angespannt, ihr Nacken schmerzte, ihre Schläfen pochten. Sie hoffte, dass sie die kommenden Stunden nicht mit einer Migräneattacke im Bett verbringen musste.

Mit einem alkoholfreien Aperitif setzte sie sich zu ihrem Mann Samuele auf die Veranda. Er betrachtete sie einen Moment lang, aufgefordert von seinem Blick begann sie mechanisch von der Abstimmung zu erzählen.

„Das heißt, ohne Dr. Freubergs Enthaltung …", hakte er noch einmal nach, nachdem Maria fertig gesprochen hatte.

„… hätten wir das Bauvorhaben heute zu den Akten legen können. Keine Ahnung, wie sie den dazu gebracht haben", erklärte sie.

„Was hat er denn dazu gesagt? Du wirst ihn ja wohl zur Rede gestellt haben."

„Keine Chance. Der ist regelrecht geflüchtet, als ich nach der Sitzung mit ihm sprechen wollte. Aber es ist ja wohl klar, dass die Mafia ihn unter Druck gesetzt hat."

Samuele legte seine Stirn in Falten und zog eine Augenbraue hoch. Die andere bewegte er keinen Millimeter.

„Mit denen ist echt nicht zu spaßen. Was ist mit diesem Typen von der *DIA*? Kannst du den nicht fragen?", meinte er.

„Dem habe ich heute unmissverständlich klargemacht, dass ich nicht mit ihm kooperiere. Mir wäre wohler, wenn die ganze Sache heute zu einem Abschluss gekommen wäre."

Das Pochen in ihren Schläfen wurde heftiger, ein stechender Schmerz hinter dem linken Auge gesellte sich dazu.

„Wichtig ist, dass alle wissen, wo du stehst und dass es sinnlos ist, weiter an dir herumzuzerren", sagte Samuele nun mit sanfter Stimme. Dann stand er auf, zog sie an sich und nahm sie in seine Arme. Ein Gefühl der Sicherheit durchflutete sie.

„Und wenn sie jetzt den Nächsten unter Druck setzen?", flüsterte sie.

„Darauf hast du keinen Einfluss. Das könntest du dann nur noch öffentlich machen."

Einunddreißig

Lagagna ließ Varese den Vortritt, er musste ihn gütlich stimmen. Wie er diese falschen Spielereien hasste, vor allem, wenn es sich dabei um Männer handelte. Frauen schmeicheln, das tat er gerne, aber dem Anwalt Honig um den Bart zu schmieren, war ihm mehr als zuwider.

Er nahm die Flasche und schenkte Varese Wein ein.

„Ein Nero d'Avola. Aus ihrer Heimat Sizilien", erklärte er Varese, der auf das Etikett geschielt hatte.

„Wie aufmerksam. Salute", sagte dieser und nahm einen Schluck. Als er das Glas abgestellt hatte, meinte er lächelnd, ohne dabei freundlich zu wirken:

„Ich zitiere Konrad Adenauer. Einen ausgewiesenen Weinkenner. Als er zu Gast bei der britischen Königin war, fragte die ihn, wie ihm der Wein schmecke. Seine Antwort: ‚Ich schicke Ihnen einen besseren.'"

Lagagna hatte mit einem kleinen Lob zu dem überteuerten Wein gerechnet, der seiner Meinung nach zu den edelsten Siziliens gehörte. Was bildete sich dieser magere, unrasierte Rechtsverdreher in seinem gestärkten Hemd eigentlich ein?

Ein Kellner erschien und stellte ein Tablett mit zwei silbernen Gloschen auf den Tisch. Er hob sie an, ein appetitlicher Duft nach frischer Pasta machte sich breit.

„Orecchiette con pomodoro alla barese. Grazie. Grüß Luigi. Und seine *mamma*. Gott segne ihre Kochkunst", bat Lagagna den Kellner und bemerkte erst jetzt, dass er Hunger hatte. Der Kellner lächelte, nickte und ging wortlos.

„Diese kleinen Nudeln – Orecchiette – machen bei uns in Bari alte Frauen", erklärte er nun kauend. „Die Pastadamen. Sie sitzen wie die Spatzen auf einer Stromleitung mit ihren Holzbrettchen auf der Straße und schneiden die Dinger aus Teigklumpen heraus. Tack, tack, tack! Und reden dabei, worüber alte Frauen so reden. Das ist seit Ewigkeiten so."

„Schöne Tradition", merkte Varese an und begann ebenso mit dem Mittagessen.

„Die Nudeln verkaufen sie in Plastiktüten an Restaurants", fuhr Lagagna fort. „Das fällt eines Tages einem Schlaumeier vom Ordnungsamt auf. Er sagt, das sei illegal. Lebensmittelgesetze, Herstellernachweise und so weiter. Außerdem sei das Steuerhinterziehung. Die Folge: Die Polizei will die Nudeln einstampfen und den Frauen das Schneiden verbieten. Aber eine der Frauen ist die Großtante vom Bürgermeister. Also startet der eine landesweite Kampagne. Er gibt sogar zu, dass der Verkauf illegal ist."

„Und jetzt?", hakte Varese nach und tupfte sich mit der weißen Serviette die Mundwinkel sauber. Seine Bartstoppeln machten dabei ein leises Kratzgeräusch.

„Ist es eben illegal und erlaubt", erklärte Lagagna. Er trank einen Schluck Wein und nickte zufrieden. Immerhin war das Mittagessen gelungen.

„Ein hübsches Stück Folklore. Leider steht uns ein vergleichbares Arrangement bei unserem Projekt nicht zur Verfügung."

Mit dieser Bemerkung legte er die Bozner Tageszeitung auf den Tisch. Er deutete auf die Überschrift: *Nach erster Abstimmung im Landtag: Pumpspeicherwerk auf der Kippe?*

„Ich müsste lügen, würde ich behaupten, dass mir diese Schlagzeile besonders gut gefällt", fuhr er fort. Seine Stimmlage hatte sich geändert. „Ohne die Stimme von Maria Senoner stehen wir übermorgen mit leeren Händen da."

„Wir werden sie bekommen", antwortete Lagagna und suchte nach einem Zahnstocher.

„Sicher? Man macht sich Gedanken über Ihr Risikomanagement. Die Familie ist zu erheblichen Investitionen bereit. Aber einer Tatsache sollten Sie sich immer bewusst sein: Sie haften persönlich für den Erfolg."

„Keine Sorge, Avvocato, der Bauausschuss wird unser Projekt genehmigen. Und dann werden wir sehr schnell eine Finanzierung vorweisen müssen. Aber genau dafür sind Sie ja hier. Und nur dafür."

Nach dem Espresso, der das Mittagessen im Garten mit einem samtigen Nachgeschmack im Mund beendete, wischte Varese sich mit der Serviette über seine völlig sauberen Mundwinkel. Lagagna erhob sich langsam von seinem Stuhl und deutete dem jungen Kellner mit einem Fingerschnippen, dass er den Tisch abräumen solle.

„Warum werde ich das Gefühl nicht los, dass Sie mir nicht allzu viel Vertrauen entgegenbringen?", fragte Lagagna sein Gegenüber.

„Weil Misstrauen zu den Privilegien meines Berufs gehört. Die Familie finanziert einen Großteil des Kraftwerks. Ihr persönliches Investment hingegen steht im krassen Missverhältnis zur Kontrolle, die Sie über das Projekt haben möchten."

Lagagna lächelte über den Vorwurf hinweg. Varese sah ihn an, seine dunklen Augen blitzen wie Dolchspitzen in der Mittagssonne.

„Sie halten sich für unersetzlich, nicht wahr, Signor Lagagna?"

„Ich halte nichts und niemanden für unersetzlich", entgegnete dieser, „auch nicht das Geld der Familie. Es gibt weltweit zwei Dutzend Energiekonzerne, die mir den roten Teppich ausrollen würden, wenn ich ihnen eine Beteiligung anbiete."

Das Gesicht des Anwalts ließ keine Regung erkennen. Er hielt Lagagnas Blick stand und stellte unmissverständlich klar, was auf dem Spiel stand:

„Sie sollten eines nicht vergessen: Verträge werden mit Tinte unterschrieben. Kündigungen mit Blut."

Zweiunddreißig

Sonja Schwarz stand am Fenster ihres Büros und beobachtete das Bozner Nachtleben. Ein paar Jugendliche waren unterwegs, Südtiroler Dialekt mischte sich mit italienischen Kraftausdrücken. Sie dachte kurz an Laura, die noch in Frankreich war. Sonja wünschte ihr manchmal ein sorgloseres Leben mit weniger Arbeit und besseren Freunden. Andererseits war sie sehr stolz darauf, dass Laura bereits so erwachsen war, die Arbeit am Weingut sehr ernst nahm und sich nicht von Luca für dumm verkaufen ließ. In diesen Tagen hatte Sonja kaum die Zeit gefunden, sich mit den Problemen ihrer Stieftochter auseinanderzusetzen. Nur hier und da hatten sie ein paar Kurzmitteilungen ausgetauscht und an einem einzigen Abend miteinander telefoniert. Sonja hatte versucht herauszufinden, was zwischen Laura und Luca vorgefallen war, doch Laura hatte erst eine Weile herumgedruckst und sie dann weinend gebeten, mit dem Verhör aufzuhören. Sonja respektierte es, dass Laura nicht darüber sprechen wollte. Sie hatte ihr noch ein wenig vom Weingut erzählt und davon, wie es Katharina ging. Daraufhin hatte Laura sich beruhigt und ihr versprochen, so bald wie möglich nach Hause zu kommen.

Sonja schüttelte den Kopf, als wolle sie sich von den düsteren Gedanken befreien. Sie drehte sich um. Hinter ihr stand Jonas, er hatte ihr einen Kaffee mitgebracht, sie hatten noch einige Stunden Arbeit vor sich. Nun sah sie, wie er sanft seinen Vater anstupste, der auf einem Bürostuhl eingenickt war.

Ein Signal ertönte von Sonjas Computer. Sie hatte eine E-Mail mit dem Laborbericht erhalten.

„Die fremden Haare auf der Jacke des Opfers stammen definitiv nicht von Felix Höllrigl."

„Dann wahrscheinlich von Helmut Staffler. Das wäre nach der Schlägerei ja nicht verwunderlich", folgerte Jonas. Sonja schüttelte den Kopf.

„Hier steht: Die Haare stammen von einem Mann, mit dem Felix blutsverwandt ist."

Jonas und Peter sahen sich überrascht an.

„Ein anderes Familienmitglied also", stellte Peter stirnrunzelnd fest. Sonja überflog noch einmal den Bericht.

„Nein. Eine andere Familie. Es gibt nämlich keine genetische Übereinstimmung zwischen Großvater und Enkel. Felix ist auch nicht der leibliche Sohn von Edith Höllrigl. Er besitzt vollkommen fremdes Erbgut."

Peter war inzwischen aufgestanden und blickte Sonja fassungslos über die Schulter, um selbst einen Blick auf den Laborbericht zu werfen.

„Er ist gar nicht mit Edith und Vitus Höllrigl verwandt?"

Sonja konnte es selbst kaum glauben.

„Genau das muss Höllrigl irgendwie herausbekommen haben. Deswegen auch der Gentest seiner Ex-Frau", meinte Jonas nun und warf seinen leeren Kaffeebecher in den Mülleimer unter seinem Schreibtisch.

„Da gibt es doch nur eine Möglichkeit. Im Krankenhaus ist was schiefgelaufen. Wir müssen wissen, in welcher Klinik Felix Höllrigl zur Welt gekommen ist, und wir brauchen Einblick in das Geburtsregister", stellte Sonja fest.

Dreiunddreißig

Maria Senoner trug ihren Lidstrich auf, während Samuele sanft den Reißverschluss ihres Etuikleides schloss. Er hauchte einen Kuss auf ihren Nacken, der bei Maria eine wohlige Gänsehaut hervorrief. Sie schenkte ihm einen liebevollen Blick, sagte aber nichts.

Gemeinsam verließen sie das Haus. Ein Tag voller politischer Pflichten erwartete Maria, Samuele hingegen durfte seine Freizeit genießen und joggen gehen.

„Im nächsten Leben werde ich auch Journalistin und gönne mir die Vormittage in Laufschuhen", sagte sie nicht ohne Neid.

„Auch die Wochenenden vor dem Computer, damit die Menschen rund um die Uhr etwas zu lesen haben?", konterte er. Maria verzog das Gesicht in gespieltem Mitleid.

„Bis später", hauchte sie und küsste ihn auf die Lippen. Samuele hielt kurz inne.

„Hey, egal wie die zweite Abstimmung morgen ausgeht: Du bist dir treu geblieben. Und, ganz wichtig: Ich liebe dich."

„Ich dich auch", antwortete sie und stieg in ihr Auto.

Riello hatte ihren Wagen sofort erkannt. Sergio saß neben ihm am Steuer und nickte.

„Ok", wies Riello ihn an, „folge ihr. Aber halt genug Abstand."

Sergio startete das Fahrzeug, fuhr an und wendete plötzlich. Riello war irritiert, er verstand nicht, was Sergio vorhatte.

„Planänderung", erklärte Sergio und verzog keine Miene.

Wenige hundert Meter weiter erkannten sie Samuele Senoner, der mit leichtem Schritt über eine schmale, leicht ansteigende Straße den Hügel hinauflief. Riello begriff zu spät, was Sergio vorhatte: Dieser hatte das Auto bereits in Richtung Straßenrand gelenkt und fuhr mit Vollgas auf Samuele Senoner zu. Er fuhr ihn an, der Mann landete mit einem dumpfen Aufprall auf der Motorhaube, wurde hochgeschleudert und landete ein paar Meter hinter ihnen auf der Straße. Er blieb regungslos auf der Seite liegen.

„Was soll das?", brüllte Riello panisch. „Bist du verrückt?"

„Stai zitto!", antwortete Sergio, bremste, drehte sich um und beobachtete kurz, ob Samuele Senoner sich noch rührte. Dann legte er den Rückwärtsgang ein und fuhr erneut auf den leblosen Körper zu. Riello griff ihm entschieden ins Steuer.

„Halt sofort an, halt die verdammte Karre an!"

„Togliti!", brüllte Sergio. „Via le mani!"

Riello zog heftig am Lenkrad und gleichzeitig an der Handbremse, woraufhin der Wagen kreischend zum Stehen kam und den bewusstlosen Samuele um Haaresbreite verfehlte. Der Fahrer versuchte, an die Waffe in seinem Schulterholster zu gelangen, doch Riello war schneller und verpasste ihm einen rechten Haken. Er nutzte Sergios Verblüfftheit, nahm die Waffe an sich und zielte auf ihn.

„Fahr!", befahl er.

Sergio starrte nach vorne. „Ti pentirai – das wird dir noch leidtun."

Der Fahrer rührte sich nicht. Riello entsicherte die Waffe und hielt sie ihm unters Kinn. Er roch Sergios Angstschweiß, als dieser den Schlüssel herumdrehte und langsam losfuhr. Dann griff er nach seinem Handy, wählte den Notruf und meldete einen schweren Unfall in Welschnofen.

Maria Senoner stieg gerade aus ihrem Wagen, als eine unbekannte Nummer sie auf dem Mobiltelefon anrief. Sie nahm das Gespräch an, lauschte und wurde blass. Ihr schwindelte, sie musste sich am Dach ihres Wagens festhalten, um nicht zusammenzubrechen. Mit zitternder Stimme fragte sie, wo es passiert sei, ob Samuele es schaffen werde und in welchem Krankenhaus er liege. Dann setzte sie sich wieder ins Auto, versuchte, ihren Herzschlag zu beruhigen. Es gelang ihr nicht, der Schock saß zu tief. Sie legte die Hände auf das Lenkrad, alle Kraft wich aus ihr. Die Hände fielen bleischwer in ihren Schoß, Tränen schossen ihr in die Augen, zitternd drückte sie auf den Fensterheber, sie hatte das Gefühl zu ersticken.

Und wenn Samuele diesen Unfall nicht überlebte, wenn alles zu spät war, wenn sie ihn nicht retten konnten? Marias Herz schmerzte bei dem Gedanken, ohne ihn leben zu müssen. Und was würde aus den Kindern? Sie würden ohne ihren Vater aufwachsen, wie sollte sie ihnen erklären, dass ihr Papa nie wieder heimkommen würde?

Ein Weinkrampf schüttelte sie, sie schloss das Fenster wieder, krallte sich noch einmal am Lenkrad fest und schrie. Als sich ihr Körper kurz entspannte, startete sie ihren Wagen und fuhr wie in Trance zum Krankenhaus. Es war kein Unfall gewesen, schoss es ihr durch den Kopf. Man hatte ihn töten wollen und sie alleine war schuld daran.

Vierunddreißig

Peter Kerschbaumer saß an seinem Schreibtisch im Präsidium. Er streckte seinen Rücken durch, die letzten Tage steckten ihm in den Knochen.

Dieser Fall, in den auch der schwer kranke kleine Felix Höllrigl verstrickt war, machte ihm zu schaffen. Es war schon schlimm genug, wenn sich die Erwachsenen bekriegten, warum mussten da auch die Kinder mit hineingezogen werden? Zwar hatte Kerschbaumer den Jungen nur einmal gesehen, doch er hatte ihn sofort ins Herz geschlossen. Grund genug, den Fall so schnell wie möglich zu lösen, dachte er sich, stand auf und legte einen Ausdruck auf Sonjas Schreibtisch. Vielleicht würde er seine Vorgesetzte um einen freien Abend bitten.

„Das ist die Liste aller Kinder, die in den sieben Tagen vor und nach der Geburt von Felix Höllrigl in Bozen zur Welt gekommen sind. Ich nehme an, wir suchen nach Kindern, die für eine Vertauschung in Frage kommen."

„Das ist die naheliegendste Erklärung", antwortete Sonja. Peter erkannte die Vene, die sich mitten über ihre sommersprossige Stirn zog. Dann zeigte er auf die farbigen Markierungen auf der Liste.

„Ohne Kinder mit markant anderer ethnischer Herkunft und ohne Mädchen bleiben einundzwanzig Jungs über. Davon wurden diese neun im Krankenhaus geboren, in dem auch Felix zur Welt kam."

Sonja studierte die Namen, indem sie mit dem rechten Zeigefinger über das Blatt fuhr. Plötzlich stockte sie.

„Michael Wolf. Mutter Gabriele Wolf, geborene Staffler. Der Kindergeburtstag im Hotel Staffler. Ok, teilen wir uns auf. Ich fahr zum Krankenhaus."

Jonas, der dabeigestanden war, fragte: „Sollen wir nicht erst Edith Höllrigl informieren?"

„Auch wenn es hart klingt, aber aus ermittlungstaktischen Gründen sollten wir genau das nicht tun. Nicht, solange wir nicht wissen, was dahintersteckt."

Jonas fuhr auf dem schnellsten Wege von Bozen nach Meran. Eine Dreiviertelstunde später befand er sich im Foyer des Hotels Staffler. Vor ihm stand nun Gabriele Wolf, die er noch aus seiner Schulzeit kannte. Sie wirkte noch blasser und ängstlicher als bei der letzten Befragung. Ihre Bewegungen waren fahrig, sie konnte Jonas' Blick nicht standhalten.

„Eine Speichelprobe?", fragte sie noch einmal.

Jonas nickte.

„Kann ich bitte kurz mit meinem Vater sprechen?"

Aus ihrem Munde klang es eher als ein Flehen denn als eine Frage. Jonas nickte erneut und begleitete sie zu Stafflers Büro.

„Wenn es nicht um Vitus Höllrigl geht, frage ich mich, warum meine Tochter eine DNA-Probe abgeben soll", polterte der Hotelchef. Jonas beschloss, dass es nun an der Zeit war, härter durchzugreifen.

„Wenn es Ihnen lieber ist, erwirken wir heute noch einen richterlichen Beschluss und bestellen Sie auf das Revier. Vielleicht sollten Sie dann in Begleitung eines Anwalts erscheinen."

Die Ansage hatte gewirkt: Gabriele Wolf willigte ein, ohne ein weiteres Wort ihres Vaters abzuwarten.

„Könnten wir dafür nach nebenan gehen?", stammelte sie leise.

Jonas verließ mit ihr das Büro, um ins Nebenzimmer zu gehen. Zu gerne hätte er Gabriele Wolf ein paar aufmunternde Worte gesagt, doch er blieb still.

Sonja fuhr auf den Parkplatz des Krankenhauses. Sie hielt an und wählte Peters Nummer. Er berichtete ihr, was er inzwischen noch herausgefunden hatte.

„Ein Arzt und die Hebamme sind inzwischen an andere Geburtskliniken gewechselt. Aber von den Kinderkrankenschwestern auf der Wochenstation arbeiten zwei noch dort. Und eine von ihnen, Valeria Meixner, hat heute exakt noch vierzig Minuten Dienst."

Sonja war beeindruckt, wie schnell ihr Kollege zu solch präzisen Informationen gekommen war.

„Ich beeile mich. Danke, Peter. Sie sind der Beste. Können Sie mir bitte ein Foto von ihr schicken? Vielleicht finden Sie ja eines im Internet."

„Schon gesendet, Capo", antwortete ihr Kollege prompt.

Sonja orientierte sich kurz in der Eingangshalle des Krankenhauses. Ein paar Schwestern liefen umher und begrüßten sie mit einem freundlichen Nicken. Sie nahm den Aufzug ins dritte Stockwerk, lief durch den Gang und klopfte an die halb offenstehende Tür zum Schwesternzimmer. Eine Kinderkrankenschwester räumte gerade einige Sachen in einen Schrank. Sonja räusperte sich, die Schwester drehte sich um.

„Frau Meixner?"

Sie nickte zurückhaltend und lächelte irritiert.

„Sonja Schwarz. Kripo Bozen. Ich brauche Informationen zu einer oder mehreren Geburten, die hier vor sieben Jahren stattgefunden haben."

„Vor sieben Jahren?", fragte Valeria Meixner verblüfft und machte ein übertrieben nachdenkliches Gesicht. Sonja lächelte, natürlich konnte sie nachvollziehen, dass Frau Meixner inzwischen ein paar Hundert weitere Kinder in ihren Armen gehalten hatte.

„Das ist lange her, ich weiß. Möglicherweise ist es damals zu einer Vertauschung gekommen."

Valeria Meixners Gesichtsausdruck änderte sich, nervös strich sie sich die Haare aus der Stirn. Sonja verstand, dass sie auf der richtigen Fährte war. Sie nahm das Foto von Vitus Höllrigl aus ihrer Jackentasche und zeigte es der Krankenschwester.

„Kennen Sie diesen Mann?"

Valeria Meixner zögerte kurz, dann überraschte sie Sonja: „Das ist Herr Höllrigl. Er ist vor einigen Monaten mit der verrückten Idee bei mir aufgetaucht, dass sein Enkel hier in der Klinik vertauscht worden sein könnte. Er hatte sich geradezu verbissen in die Vorstellung."

„Sie hatten Dienst, als Felix Höllrigl zur Welt kam?"

„Ja."

„Woher wusste Herr Höllrigl das?"

„Ein Bekannter von ihm arbeitet hier in der Verwaltung. Der hat in den alten Dienstplänen nachgesehen. Keine Ahnung, ob der das überhaupt darf", erklärte die Krankenschwester.

„Was genau wollte Herr Höllrigl von Ihnen?"

„Er hat mich gedrängt, die DNA von dem Jungen mit der seiner Mutter vergleichen zu lassen. Ich habe ihm den Gefallen schließlich getan."

„Dazu sind Sie befugt? Sie sind kein Arzt", sagte Sonja.

„Wenn man im Krankenhaus arbeitet, gibt es Möglichkeiten."

Sonja wunderte sich darüber, wie offen Valeria Meixner über diese unerlaubten Praktiken mit ihr sprach.

„Warum haben Sie das für Herrn Höllrigl getan?"

„Irgendwie hat es mir keine Ruhe gelassen, dass mir das passiert sein könnte."

Valeria Meixner sah Sonja nun nicht mehr direkt an. Das schlechte Gewissen stand der freundlichen Schwester ins Gesicht geschrieben.

„Was genau meinen Sie?"

„Ich meine, dass ich vielleicht auf der Wochenstation die Bettchen von zwei Jungen verwechselt habe."

„Hat der DNA-Test Höllrigls Annahme denn bestätigt?"

Valeria nickte und sah Sonja an.

„Hätten Sie das nicht melden müssen?"

„Natürlich, das wollte ich ja auch. Aber Herr Höllrigl hat mich geradezu angefleht, die Sache der Klinikleitung nicht zu melden. Er wollte auf keinen Fall seinen Enkel ... ähm ... er wollte es dem kleinen Jungen nicht zumuten, dass er seine Familie verliert."

Sonja konnte kaum fassen, was sie hörte.

„Er wollte nicht wissen, wer die Eltern von Felix sind? Und auch nicht, in welcher Familie sein leiblicher Enkel lebt?"

„Nein. Weder – noch. Er hat gesagt: Der Felix ist mein Enkel."

Sonja bedankte sich bei Valeria Meixner und verließ das Krankenhaus.

Fünfunddreißig

Sonja Schwarz stieg in ihr Auto, das sie vor der Klinik geparkt hatte. Sie dachte über Valeria Meixner nach: Wie hatte sie mit dieser Ungewissheit leben können, vielleicht ein Kind vertauscht zu haben? Hinzu kam ihre Aussage, dass Höllrigl sich herausgenommen hatte, ihr zu verbieten, diesen Irrtum zu melden. Hatte er denn gegenüber den wirklichen Eltern überhaupt kein Gewissen, oder mehr – überhaupt keinen Respekt? In dieser Hinsicht, fand Sonja, waren er und Staffler sich nicht einmal so unähnlich.

Sonja machte sich direkt auf den Weg ins Präsidium, es war kurz vor siebzehn Uhr. In Bozens Zentrum herrschte um diese Uhrzeit reger Verkehr, Sonja musste ein paar Mal auf die Hupe drücken, um sich zwischen den Touristenschwärmen Platz zu schaffen. Kaum hatte sie ihr Büro betreten, kam Peter zu ihr. Er hatte es offensichtlich eilig, ihr etwas mitzuteilen.

„Es gab heute Morgen einen Unfall mit anschließender Fahrerflucht. Ein Jogger wurde dabei schwer verletzt."

„Das ist schlimm, fällt aber nicht in unsere Zuständigkeit", sagte sie irritiert. Was hatte das mit ihrem Fall zu tun?

„Ich denke doch. Der Verletzte ist Samuele Senoner, der Ehemann der Vorsitzenden des Ausschusses, der über die Genehmigung des Pumpspeicherkraftwerks entscheidet."

Sonja erschrak. Peter winkte sie zu seinem Schreibtisch und öffnete eine Datei auf seinem Computer. Er klickte auf ein Foto und vergrößerte es.

„Die Kollegen von der Verkehrspolizei haben mir ihre Unterlagen geschickt. Da passt einiges nicht zusammen."

„Hier, die Bremsspur. Das Opfer wurde von dieser Seite angefahren und über den Wagen geschleudert. Aber die Bremsspur kommt von der anderen Seite und weist eine eigenwillige Kurve auf. Das Fahrzeug hat wohl einen zweiten Anlauf genommen, aber dann eine plötzliche Vollbremsung hingelegt. Merkwürdig, oder? Als ob es sich der Fahrer anders überlegt hätte."

Sonja legte ihren rechten Zeigefinger auf die Unterlippe.

„Oder der Beifahrer hat eingegriffen. Ist Herr Senoner ansprechbar?"

„Er wurde ins künstliche Koma versetzt", erklärte Peter. Dann reichte er Sonja einen Zettel.

„Das hier ist die Mobilnummer, von der der Notruf kam. Bin gerade dabei, den Inhaber zu ermitteln."

„Danke. Ich brauche auch die Aufzeichnung des Notrufs."

„Die habe ich Ihnen schon gemailt."

Sonja bedankte sich bei ihm und ging in ihr Büro. Sie brauchte einen Moment Ruhe, um die Ereignisse und Erkenntnisse der letzten Stunden zu ordnen. Sie schaltete ihren PC ein und öffnete das Soundfile, das Peter ihr bereits gesendet hatte. Sie lauschte der Stimme, die ihr bestens bekannt war. Riello hatte den Notruf abgesetzt. Es klopfte, Peter streckte den Kopf durch die Bürotür.

„Die Telefonnummer gehört zu einer kroatischen Prepaid-Karte. Keine Chance, den Besitzer zu ermitteln."

„So ein Mist", brummte Sonja.

„Eines noch, Capo", sagte Peter.

„Ja?"

„Danke für den freien Abend."

„Den haben Sie sich auch redlich verdient. Aber bitte keine zu heftige Bergtour, ich brauche Sie morgen fit und ausgeschlafen."

Mit einem Lachen verließ Peter das Büro und ging gemächlich zu seinem Auto. Dieser Abend gehörte nur ihm und dem Hirsch, der oben am Ritten auf ihn wartete.

Sechsunddreißig

Peter Kerschbaumer fuhr durch den kleinen Ort Lengstein am Ritten. Es war sechs Uhr abends, die ideale Zeit, um auf dem kleinen Jägersitz oberhalb des Zunerhofes auf den wohl letzten kapitalen Hirsch dieses Jahres zu warten. Ein Jagdfreund hatte das mächtige Tier einige Male am Waldrand gesehen und Peter freundlicherweise den Tipp gegeben, dort anzusitzen.

Er parkte seinen Wagen, schulterte den Rucksack mit all seinen Jagdutensilien, setzte seinen grünen Filzhut auf und nahm das Gewehr vom Rücksitz. Einen Moment lang blieb er am Parkplatz vor dem Hof stehen und betrachtete die anderen Autos, die dort auf ihre Besitzer warteten. Keines von ihnen hatte einen Aufkleber, der auf einen Jäger schließen ließ. Es war ein stilles Abkommen unter ihnen, dass man sich zurückzog, wenn schon einer ansaß.

Es war nicht weit bis zum Ansitz. Am Hof vorbei ging Peter noch einhundert Meter über einen Schotterweg, dann sah er schon auf der linken Seite den rotbraunen Felsen. Über einen schmalen Trampelpfad stieg er hinauf. Jemand musste ihn in den vergangenen Tagen freigeschnitten haben, normalerweise war das Gras hier sehr viel höher.

Er legte den Rucksack hinter dem kleinen Sitz nieder und lud sein Gewehr mit drei Patronen. Leise klickerten die messingfarbenen Hülsen aneinander und Peter bekam eine wohlige Gänsehaut. Es war weniger das Jagdfieber, das diesen Schauer in ihm hervorrief, als vielmehr das Wissen, diese Stunden alleine und in völliger Ruhe im Wald verbringen zu dürfen. Kein Stadtlärm, keine Touristen, keine hupenden Autos, keine schwüle Hitze und vor allem keine menschlichen Abgründe. Auch wenn Peter seine Arbeit liebte und in ihr aufging, so hatte er doch oft das Bedürfnis, sie auch einmal außen vor zu lassen. Das half ihm, die Objektivität wiederzuerlangen, so rational zu werden wie Sonja und so klug wie sein Sohn Jonas, auf den er unendlich stolz war, auch wenn er nicht immer seine Meinung teilte.

Peter legte zwei raulederne Kissen unter sein Gewehr, spannte ein grün geflecktes Netz zwischen zwei Baumwipfeln und sah hinauf in die Baumkrone. Er saß unter einer jungen Eiche, der Königin des Waldes.

„Grüß Gott, Eure Majestät", sagte er leise zu dem Baum, der ihm in den nächsten Stunden bis zur Dämmerung Sichtschutz geben würde.

Nun wurde er völlig ruhig und saß regungslos da. Nur seine Augen bewegten sich. Bei der Jagd verfiel Peter in einen tranceartigen Zustand, den er sich im Laufe der vielen Jahrzehnte angeeignet hatte. Weder seine Beine noch seine Arme sehnten sich in diesen Stunden nach Bewegung, sein Rücken schmerzte nicht, nur manchmal schliefen seine Hände ein, die schussbereit auf der Waffe ruhten. Sein Atem ging gleichmäßig, dann und wann pustete er eine Stechmücke weg, manche von ihnen bemerkte er nicht einmal.

Direkt vor ihm, auf der anderen Seite des Eisacktals, stand der mächtige Schlern. Das Wahrzeichen Südtirols unter dem noch strahlend blauen Himmel war immer schon sein liebster Berg gewesen. Von diesem Sitz aus konnte er besonders gut die Santner- und die Euringerspitze erkennen, die vor dem Schlern in die Höhe schossen. Ohne die Spitzen wäre der Schlern nur halb so berühmt, dachte Peter jedes Mal, wenn er seinen Lieblingsberg betrachtete.

Unter seinem Versteck wurden nun ein paar Stimmen laut. Zwei Wanderer kamen auf die Wiese, auf der sich nun eigentlich bald der Hirsch zeigen sollte. Einen Moment lang ärgerte Peter sich, doch dann wurde ihm wieder bewusst, dass es das gute Recht der Wanderer war, hier zu sein und die Natur zu genießen. Mit ihren roten Rucksäcken verschwanden sie bald wieder in Richtung des Hofes. Wenige Minuten später ertönte ein Geräusch, das wie eine rostige Gartenpumpe klang: Es war der Esel, der vermutlich zum Hof gehörte, und er schrie aus Leibeskräften.

Ein leichter Wind kam auf und ließ ein einziges Blatt der Eiche erzittern. Minutenlang tanzte es alleine an seinem Ast, es war schon leicht bräunlich, ein erster Herbstbote. Alle anderen Blätter blieben still. Peter hatte dieses Phänomen nie verstanden: Warum tanzten die anderen Blätter nicht mit?

Die Dämmerung kam gegen halb neun, langsam, aber unaufhaltsam machte sie sich breit. Peter wusste, dass sich der Wald in ein paar Minuten gute Nacht wünschen würde. Und schon war es so weit: Hinter ihm ertönte ein Rascheln, dann vernahm er winzige Schritte und ein Schnaufen. Vielleicht ein Igel auf Schneckensuche oder ein Dachs. Dann kläfften in der Ferne hungrige junge Füchse. Vermutlich hatte ihnen die Mutter gerade eine Maus zum Abendessen vorgelegt. Als Nächstes schrie ein Käuzchen, ein spitzer Schrei, er verstummte lange nicht. Jetzt würde auch er sich auf die Jagd begeben. Hinter ihm immer wieder die winzigen Schritte, dann ein Klopfen, die Königin hatte eine Eichel auf den Boden fallen lassen. Ein Eichelhäher wurde aufgeschreckt, ein großer, braun-blau gefiederter Vogel erhob sich mit hässlichem Gekreische von einem Baum in seiner Nähe. Wie seltsam die Natur ihre Bewohner doch gestaltet hatte, dachte Peter kurz. Die Tiere sind so wunderschön, doch wenn sie ihre Schnäbel und Mäuler aufmachen, möchte man erschrocken davonlaufen. Dennoch: Das schlimmste Tier dieser Erde war der Mensch, er tat Böses, mordete aus niedrigsten Beweggründen und nicht, um sich vor dem Hungertod zu retten. Höllrigl hatte man wahrscheinlich aus Rache erstochen, ein niederträchtiges Gefühl, das die Tiere nicht kannten.

Konzentriert blickte Peter zum Wiesenrand hinunter. Nun musste er sich doch ein wenig bewegen, um durch seinen Feldstecher zu schauen und das letzte Büchsenlicht zu nutzen. Die Stimmen des Waldes schienen sich langsam wieder zu beruhigen, nur ein paar späte Grillen zirpten noch. Der Wald lag völlig ruhig da, er konnte keine einzige Bewegung ausmachen. Vielleicht war der heutige Tag zu sonnig gewesen, nach einem abendlichen Gewitter hätte sich das Rotwild eher auf der Wiese gezeigt, um das frische Gras zu äsen.

Gegen halb zehn verschwand der Schlern in der Dunkelheit und nahm das Schwarz der Nacht an. Einige Minuten später erhellte sich das Bergplateau wieder, der Vollmond war aufgegangen. Mächtig und orangegelb stand er über ihm und sah auf seine Erde hinab. Es war an der Zeit zu gehen. Auch wenn er kein Tier ausgemacht oder gar erlegt hatte, keine neue Trophäe in seiner Jagdstube hängen würde, so war Peter doch im Reinen mit sich. Er war mit dem Wald verschmolzen, eins mit Königin Eiche geworden und vollkommen zur Ruhe gekommen. Er sog noch einmal die milde Waldluft ein, schulterte seinen Rucksack und entfernte auf dem Weg zum Auto die Patronen aus dem Gewehr. Er empfand tiefes Glück und spürte förmlich die neue Kraft, die ihn erfüllte.

Siebenunddreißig

Riccardo Riello parkte seinen Wagen vor dem Büro der *EcoLadinia*. Er blickte in den Rückspiegel, außer ihm war niemand auf der Straße zu sehen. Als er sein eigenes Gesicht sah, erkannte er einen Mann, dem gerade alles zu viel wurde: der Schock über Sergios Mordversuch an Samuele Senoner, die Wut auf Lagagna und seine Machenschaften und die Unsicherheit, die er selbst bei Sonja an den Tag legte.

In diesem Moment meldete sich sein Smartphone mit einem Nachrichtensignal. Sonja, an die er in diesem Moment gedacht hatte, hatte ihm ein Soundfile gesendet. Er spielte es ab und erkannte seine Stimme wieder: *Hallo! Ich möchte einen schweren Unfall melden. Christomannos-Straße in der Gemeinde Welschnofen.*

Sein Herz pochte. Als er hochsah, erkannte er, dass Lagagna ihn vom Bürofenster aus beobachtete.

Riello stieg aus dem Wagen, betrat Lagagnas Büro und warf Sergios Waffe auf den Schreibtisch.

„Bist du jetzt völlig durchgedreht?", fragte Lagagna und funkelte ihn böse an.

„Dieser Dreckskerl wollte Senoner umbringen."

„Ja und? Vielleicht ist es dir noch nicht aufgefallen, aber wir stehen hier unter Beobachtung. Sergio hat nur die Befehle befolgt, die er von der Familie bekommen hat. Man traut uns nicht mehr zu, dass wir unsere Angelegenheiten selbst in den Griff kriegen. Und jetzt rate mal, an wem das liegt."

„Soll das die Art sein, wie wir jetzt unsere Angelegenheit regeln? Dieser Sergio ist ein Psychopath. Der hat einfach Spaß am Töten, sonst nichts. Wo steckt er?"

„Er hat Italien längst wieder verlassen. Und im Gegensatz zu dir hat er seinen Auftrag erledigt."

„Ach ja? Und was wäre passiert, wenn ich diesem Irren heute seinen Spaß gelassen hätte?"

„Dann hättest du endlich mal was Vernünftiges getan. Du solltest übrigens ein bisschen auf deinen Ton achten."

Riello atmete durch und sprach leiser weiter.

„Ich meine nur, dass uns ein toter Ehemann nichts nützt. Der könnte höchstens das Gegenteil bewirken. Nur deshalb habe ich eingegriffen."

Lagagna lehnte sich zurück, legte seine Stirn in Falten und lenkte ein.

„Vielleicht hast du recht. Trotzdem erwarte ich von dir eine ganz einfache Antwort, Riello. Die Antwort auf die Frage, ob Maria Senoner unsere kleine Nachricht verstanden hat."

Achtunddreißig

Sonja Schwarz begab sich erneut ins Krankenhaus, dieses Mal musste sie allerdings nicht in die Geburtshilfe, sondern auf die Intensivstation, wo Samuele Senoner lag. Ohne sie lange suchen zu müssen, traf sie auf Maria Senoner, die vor dem Zimmer ihres Mannes saß. Man sah, dass sie geweint hatte.

„Frau Senoner, ich bin Sonja Schwarz, Kripo Bozen. Wie geht es Ihrem Mann?"

Maria Senoner putzte sich die Nase.

„Ich habe schon mit Ihnen gerechnet. Wie es ihm geht? Die Ärzte reden von einer minimalen Chance, dass er nicht querschnittsgelähmt ist. Wir wissen beide, dass das kein Unfall war, oder?"

Sonja nickte.

„Wir werden Ermittlungen wegen versuchten Mordes einleiten."

Maria Senoner sah mit verquollenen Augen zu ihr auf und sagte dann mit trotziger, entschlossener Stimme:

„Mein Mann wird keine Aussage zu Protokoll geben, Frau Schwarz."

„Er könnte den Fahrer vielleicht identifizieren."

„Nein. Mein Mann wird sich an nichts erinnern."

Sonja nickte betroffen. Hatten die Ärzte ihn denn so schnell aufgegeben? Als hätte Maria Senoner ihren Zweifel erkannt, sagte sie:

„Egal ob sich mein Mann erinnern kann oder nicht: Dieses Kapitel endet jetzt und hier."

Sonja nickte. Es ging nicht um die Diagnose, sondern um die Umstände.

Neununddreißig

Das Kirchlein St. Kathrein stand einsam auf seinem Hügel. Der Himmel rundherum war bleiern, die Berge des Passeiertals strahlten gelblich, sicher würde es in wenigen Stunden gewittern. Sonja Schwarz verscheuchte eine Fliege, die um sie herumsummte. Ihr Blick fiel auf den Stein, der vor der Kirche lag. Hätte sie doch nur die Kraft eines Riesen, dachte sie wütend und ging mit entschlossener Miene auf Riccardo Riello zu.

„Samuele Senoner. Was hattet ihr vor? Ihn zu einem Krüppel machen? Oder wolltet ihr ihn schlicht und einfach umbringen?"

Riello hob beschwichtigend die Hände und versuchte, ihr zu erklären, dass es nicht seine Idee gewesen war.

„Das macht es nicht besser. Kein bisschen. Erst setzt du Maria Senoners Ehe aufs Spiel und jetzt das Leben ihres Mannes. Wie viele Opfer verlangt der große *DIA*-Plan noch?"

Riello machte einen Schritt auf Sonja zu, sie wich instinktiv zurück. „Ich habe versucht, das Schlimmste zu verhindern."

„Das wird dir Samuele Senoner sicher hoch anrechnen, wenn er demnächst seinen Kindern vom Rollstuhl aus beim Reiten zuschaut", sagte sie zynisch und fuhr ungehalten fort: „Riccardo, ich habe den Beweis, dass du in diesem Auto gesessen hast. Und ich halte ihn zurück! Eigentlich müsste ich dich festnehmen."

Riello machte eine verzweifelte Kopfbewegung. Dann flüsterte er, obwohl sie vollkommen unter sich waren: „Du weißt, dass mir die *DIA* Rückendeckung gibt. Sonja, das ist ein Krieg. Ein Krieg gegen die Mafia. Und da kommt es schon mal zu Kollateralschäden."

Sonja konnte nicht glauben, was Riello gerade gesagt hatte: Kollateralschäden. War er tatsächlich so kaltblütig und abgebrüht? Das war nicht der Riello, den sie kannte und für den sie Gefühle hegte. Sie sah ihn an, auch seine Augen hatten sich geweitet. Anscheinend war er über seine eigenen Worte erschrocken.

„In zwei, maximal drei Tagen ist das alles vorbei. Dann ist die Genehmigung für das Kraftwerk durch. Die Familien überweisen das Geld und wir führen den größten Schlag gegen die Mafia, den es je gegeben hat. Verstehst du das nicht?"

Sonja antwortete nicht. Sie sah ihn nur kopfschüttelnd an und wandte sich zum Gehen. Als sie den Stein des Riesen erreicht hatte, wünschte sie sich noch einmal die Kraft, ihn davonschleudern zu können. Wie hatte sie sich nur so in ihm täuschen können?

Vierzig

Er musste sich beeilen. Zwar hatte Michele Lagagna seinen Arbeitstag längst beendet, aber man konnte nie wissen, ob er vielleicht doch einen seiner Wachhunde vorbeischickte, um nach dem Rechten zu sehen. Und die waren unerbittlich, das hatte er aus der Erfahrung des heutigen Tages gelernt.

Er steckte den USB-Stick in die Vorrichtung des Laptops und klickte auf „installieren". Dann schaltete er das Bluetooth seiner Smartwatch ein, verband sich mit dem tragbaren PC und übertrug die Daten auf seine Uhr. Plötzlich hörte er Geräusche, schnell schloss er den Laptop und versteckte sich zwischen der Bürotür und dem großen Aktenschrank. Er zog sich zur Sicherheit die Sturmmaske über das Gesicht. Das Geräusch verschwand so schnell, wie es aufgetaucht war. Er huschte wieder zum Schreibtisch, öffnete den Laptop, die Installation war abgeschlossen. Auch seine Smartwatch piepste zufrieden. Riello zog den USB-Stick heraus und klappte den Laptop zu.

Einundvierzig

Sonja Schwarz öffnete das Bürofenster und sog die frische, regenreine Luft ein. In der Nähe wurden die schweren Rollos der Bozner Läden hochgefahren. Einige Lieferwägen passierten die Straße unter der Quästur, um frisches Gemüse zum Markt zu bringen und die kleinen Lebensmittelgeschäfte zu beliefern. Aus einem nahe gelegenen Café drang der Duft nach frischen Croissants zu ihr durch.

Peter und Jonas betraten gleichzeitig das Büro. Sonja begrüßte sie lächelnd und nahm gerne den frischen Kaffee entgegen, den Jonas ihr mitgebracht hatte.

„Schwarz, wenig Zucker", bestätigte er.

„Danke, Jonas", sagte Sonja und bat die beiden zum Whiteboard, wo die Fotos von Helmut Staffler und Edith Höllrigl unter dem von Vitus Höllrigl angeordnet waren. Gleich daneben befanden sich der Laborbericht aus Bayonne, ein Foto von Michael Wolf und eines von Felix Höllrigl. Auch den Zeitungsausschnitt, der aus dem medizinischen Fachbuch gefallen war, hatten sie aufgehängt. Sonja hängte ein Foto von Valeria Meixner dazu.

„Was ist, wenn es beim Streit zwischen Staffler und Höllrigl gar nicht um Spielschulden ging? Sondern darum, dass der Familie Höllrigl ein unheilbar krankes Kind untergeschoben worden war? Was ist, wenn Felix tatsächlich der Enkel von Staffler ist? Wo bleibt der DNA-Test von Gabriele Wolf?"

Sonja wurde bewusst, dass sie viele Fragen in den Raum geworfen hatte, und beschloss, ihren Kollegen die Zeit zu lassen, darüber nachzudenken.

„Ich habe schon nachgehakt, aber die haben im Labor jede Menge zu tun", beantwortete Jonas Sonjas letzte Frage.

„Aber dann gibt es immer noch keinen Hinweis, dass hier vorsätzlich gehandelt wurde. Vielleicht wurden die Kinder wirklich versehentlich vertauscht."

Jonas hatte Zweifel an Sonjas Theorie: „Und wenn nicht? Dann ist der gesamte Staffler-Clan verdächtig."

„Aber auch die Kinderkrankenschwester, Valeria Meixner."

„Was könnte ihr Motiv sein?", fragte Jonas.

„Fragen wir sie. Haben wir ihre Privatadresse?"

„Noch nicht, aber die kriege ich raus", antwortete Peter und ging an seinen Computer. In diesem Moment tauchte ein Pop-up-Fenster auf. Er las es kurz und rief Sonja und Jonas noch einmal zu sich.

„Schaut mal, das ist interessant: Valeria Meixner hat vor etwa einem Jahr eine Anzeige kassiert. Wegen der nicht ordnungsgemäßen Entsorgung von Bauschutt. Dadurch wurde die Denkmalbehörde darauf aufmerksam, dass sie das Dach an ihrem Haus erneuern wollte – ohne den Denkmalschutz zu fragen! Ihr drohten ein Bußgeld und kostspielige Auflagen."

Sonja konnte nicht folgen; was hatte diese Anzeige mit ihrem Fall zu tun?

„Dann wurden die Auflagen plötzlich erfüllt und alle Rechnungen bezahlt", schloss Peter seinen Bericht.

Zweiundvierzig

Peter Kerschbaumer hatte Valeria Meixner vor ihrer Wohnungstür abgefangen, als diese gerade dabei war, ihre Einkäufe ins Haus zu tragen. Freundlich hatte er ihr gesagt, dass sie eine Vorladung habe und mit ihm zur Quästur fahren solle. Sie hatte ein wenig verstört gewirkt und immer wieder nervös zu ihrer Haustür geschaut, war dann aber widerstandslos in sein Auto gestiegen und mit ihm zum Präsidium gefahren.

Sonja ließ Valeria Meixner in den Verhörraum eintreten und setzte sich ihr gegenüber. Sie nahm ihre Fingerabdrücke und reichte sie dann einem Kollegen. Mit einem Nicken verließ er den Raum. Sonja ließ absichtlich einige Augenblicke verstreichen, bevor sie das Verhör begann; das machte die Krankenschwester so nervös, dass sie schließlich das Schweigen brach.

„Was wollen Sie von mir?", fragte sie ein wenig zu laut.

„Es geht um Vitus Höllrigl. Wie es scheint, hat ihn sein Wissen um die Vertauschung seines Enkels in tödliche Gefahr gebracht."

„Das mit dem Herrn Höllrigl tut mir so leid."

„Sie verstehen nicht. Sein Tod macht alle, die sein Wissen geteilt haben, zu Tatverdächtigen."

Valeria Meixner erschrak sichtlich und griff sich instinktiv an die Brust.

„Ich habe nichts damit zu tun."

„Sie haben die Kinder vertauscht."

Valeria Meixner nickte so zaghaft, dass es kaum wahrnehmbar war.

„Wollte Vitus Höllrigl wirklich nicht mehr als die Auskunft, dass Felix nicht sein leiblicher Enkel ist?"

Nach einigem Zögern erklärte Valeria Meixner, dass er ein paar Monate später noch einmal bei ihr aufgetaucht war:

„Er wollte dann doch herausfinden, wohin der Felix gekommen ist. Aber Herr Höllrigl hat nix Böses gewollt. Nicht mir und auch sonst keinem. Auch nicht, als er von dieser schrecklichen Krankheit seines Enkels erfahren hatte. Er sagte, er wolle keinen anderen Enkel, um keinen Preis der Welt. Er wollte auch nicht, dass die Wahrheit ans Licht käme, weil sie seiner Tochter das Herz brechen würde. Er hat es mir regelrecht untersagt. Nur eins war ihm wichtig: dass der Bub die bestmögliche ärztliche Versorgung bekäme. Dann kam er mit der Idee, dass die Familie, die Ediths richtiges Kind hatte, ja vielleicht keine Geldsorgen hat."

Valeria Meixner machte eine kurze Pause, bevor sie fortfuhr:

„Aber ich wusste ja auch nicht, wohin der Felix gekommen ist. Das alles war so lange her. Kann ich jetzt nach Hause?"

Sonja schüttelte den Kopf. Dieses Verhör war ganz bestimmt noch nicht zu Ende.

„Vielleicht stimmt Ihre Geschichte, Frau Meixner. Vielleicht haben Sie aber auch mit irgendjemandem gemeinsame Sache gemacht."

Ein Polizeibeamter klopfte, Sonja bat ihn herein. Er reichte ihr einen Zettel, sie warf einen Blick darauf und fixierte Meixner. Wieder zuckte die Frau unmerklich zurück. Solch feine, fast unsichtbare Gesten hatte Sonja noch selten bei anderen Personen beobachtet.

„Ich habe gerade die Bestätigung erhalten, dass Gabriele Wolf die Mutter von Felix ist. Und: Ihre Fingerabdrücke sind auf der Tatwaffe, mit der Vitus Höllrigl umgebracht worden ist."

Valeria Meixners Augen weiteten sich und mit zitternder Stimme schrie sie: „Nein, so war es nicht. Ich war dort. Aber so war es nicht. Ich habe Höllrigl dort gefunden, er lag blutend am Boden. Ich habe ihn auf den Rücken gedreht und das Messer zur Seite gelegt. Deshalb haben Sie meine Fingerabdrücke darauf gefunden. Dann habe ich ein Handtuch genommen und es auf die Wunde gedrückt, um die Blutung zu stillen. Ich habe noch versucht, Erste Hilfe zu leisten. Aber er ist vor meinen Augen gestorben."

Die Krankenschwester konnte nun die Tränen nicht mehr zurückhalten, sie senkte den Kopf. Tränen tropften auf die Handtasche, an die sie sich noch immer klammerte. Sonja ließ sich davon nicht beirren.

„Frau Meixner, Sie leben ein bescheidenes Leben. Verständlicherweise, wenn ich das sagen darf, bei dem Gehalt einer Kinderkrankenschwester."

Sie nickte.

„Sie wohnen in einem kleinen, aber liebevoll restaurierten Häuschen. Sogar denkmalgeschützt."

„Ja. Das habe ich von meiner Mutter geerbt."

„Wie viel?"

„Was?"

„Woher hatten Sie plötzlich das Geld für die Renovierungsarbeiten, Frau Meixner? Was ist vor sieben Jahren im Krankenhaus passiert?"

Valeria wischte sich über die Wange, legte den Kopf in den Nacken und atmete tief durch. Sonja konnte regelrecht sehen, wie der Widerstand der Frau zerbrach.

„Vor sieben Jahren stand auf einmal ein Vater im Babyzimmer vor den Bettchen, auf denen die Namen *Felix* und *Michael* standen. Ich kann mich noch genau erinnern, wie ich ihn dabei erwischt habe, dass er Michael hochnahm und sich dem leeren Bett von Felix zuwandte. Ich habe ihn sofort zur Rede gestellt und er sagte, er wolle nur einmal seinen Sohn halten. Ich habe ihm gesagt, dass er das lassen und den Raum verlassen soll, um die anderen Babys nicht zu stören. Er hat das Krankenhaus dann auch ein paar Minuten später verlassen. Einen Tag später habe ich gesehen, wie der Mann mit Blumen in die Klinik kam. Aber nicht zur Edith Höllrigl ins Zimmer gegangen ist, sondern zur Frau Wolf."

„Dann haben nicht Sie, sondern Toni Wolf die Kinder vertauscht."

Valeria senkte den Blick und nickte.

„Warum haben Sie nichts in der Sache unternommen?"

„Der Dienst lässt einem nicht viel Zeit zum Nachdenken. Ich dachte einfach, ich hätte mich getäuscht oder mir etwas eingebildet. Dass das nicht so war, wurde mir erst klar, als Herr Höllrigl angefangen hat, Fragen zu stellen, und unbedingt wissen wollte, wo Edith Höllrigls Junge hingekommen ist. Ich habe dann Kontakt zu Herrn Wolf aufgenommen. Er hat mir Schweigegeld angeboten und, na ja, ich habe es angenommen. Sonst hätte ich das Häuschen niemals restaurieren können."

„Wie viel?", fragte Sonja nun noch einmal in einem härteren Tonfall.

„Fünfzigtausend Euro."

Sonja griff unter ihren Tisch und drückte auf einen Knopf. Die Tür öffnete sich, der Beamte in Uniform kam wieder herein.

„Wir werden Ihre Angaben überprüfen. So lange bleiben Sie in Gewahrsam."

Dreiundvierzig

Nervös betrachtete Toni Wolf seine Fingernägel und schob die Nagelhaut zurück. Versehentlich kratzte er ein Stückchen Haut weg, es blutete etwas. Mit den Lippen saugte er das Blut an der Wunde ab, dann bemerkte er, dass seine Frau hinter ihm stand. Sie sah müde aus, ihre Augen waren geschwollen, ihre Haut noch milchiger als sonst. Wie gerne hätte Toni seine Frau einmal lächeln gesehen.

„Schatz, setz dich bitte. Ich muss mit dir reden", erklärte er Gabriele. Vorsichtig begann er das schwierige Gespräch, das ihn unter Umständen seine Ehe kosten würde: „Es geht um den DNA-Test, den sie bei dir gemacht haben. Die Herzmuskelschwäche deiner Mutter. Du erinnerst dich, ihr Arzt hatte Yvonne vor Belastung gewarnt und trotzdem hat sie nicht auf ihre Bergwanderungen verzichten wollen."

Er wusste, dass er seine Frau damit überrumpelte, aber es war an der Zeit, ihr die ganze Wahrheit zu sagen. Viel zu lange hatte er damit gewartet. Gabriele Wolf sah ihren Mann erstaunt an.

„Sie war Trägerin einer Erbkrankheit. Yvonne wusste davon, weil ihr Bruder mit gerade mal zwanzig daran gestorben war", erklärte er weiter.

„Habe ich das etwa auch? Was genau ist das für eine Krankheit?", rief sie ungläubig. Gabriele Wolf schwitzte, Panik machte sich in ihr breit.

„Es ist eine Muskelkrankheit, die nur bei Jungen ausbricht. Deswegen hat Yvonne Helmut nie davon erzählt. Nachdem du auf der Welt warst, hat sie ihm vorgelogen, dass sie keine weiteren Kinder bekommen könne. Aber mir hat sie die Wahrheit gesagt. Auf unserer Bergtour, als sie den Herzinfarkt hatte. Sie hat mich gewarnt, bevor sie starb: Wenn Gabriele schwanger wird und es ein Junge ist …"

„Aber Michael ist doch gesund."

Sie atmete hörbar aus. Sie schöpfte Hoffnung, das merkte Toni Wolf. Nun musste er zum Punkt kommen.

„Michael ist nicht unser Sohn."

Nun starrte sie ihn fassungslos an.

Toni Wolf stand auf und legte die Ultraschallaufnahme eines Babys auf den Tisch, darunter stand der Mädchenname *Michaela*.

„Die Ultraschallbilder haben immer ein Mädchen gezeigt. Als ob uns das Schicksal einen grausamen Streich spielen wollte. Und dann stellte sich raus, dass es ein Junge wird. Du weißt gar nicht, wie oft ich darüber nachgedacht habe, dir die Wahrheit zu sagen."

Gabriele Wolf sah ihn entsetzt an und langsam begriff sie, was ihr Mann getan hatte.

„Gabriele, uns geht es doch gut als Familie. Wir lieben unseren Sohn. Ganz egal, welches Blut in seinen Adern fließt."

Sie weinte, sie wischte sich über die Augen, doch die Tränen flossen unerbittlich weiter.

„Du sagst mir das jetzt? Nach sieben Jahren? Dass du mein Kind gegen ein anderes ausgetauscht hast? Dass das da draußen nicht mein Sohn ist? Dass eine andere Frau mein Kind großzieht?", schrie sie.

Erst jetzt bemerkten Gabriele und Toni, dass Helmut Staffler in der Tür stand und sie beide ungläubig anstarrte.

„Was redest du da? Was soll das heißen?", brüllte er. Seine Stimme hallte nach.

„Ich will mein Kind sehen. Jetzt sofort", weinte sie und rannte aus dem Zimmer.

Vierundvierzig

Toni Wolf ließ seinen Schwiegervater stehen, ohne ihm eine Antwort zu geben. Er hatte keine Zeit, ihm alles zu erklären, und keine Lust, seine Erniedrigungen auszuhalten. Er rannte seiner Frau nach, nahm sie sanft bei der Schulter und drehte sie zu sich. Sie wehrte sich nur schwach gegen seine Umarmung, dann ließ sie seine tröstende Geste zu.

„Wir fahren zu ihm. Komm", flüsterte er ihr zu. Gabriele Wolf schniefte, trocknete ihre Tränen mit den Zeigefingern und folgte ihrem Mann zum Auto.

Die Fahrt verlief wortlos. Gabriele Wolf starrte aus dem Fenster ins Leere, ihr Mann versuchte, sich auf den Stau zu konzentrieren, der sich in der Ausfahrt von Meran gebildet hatte. Es war heiß, er schaltete die Klimaanlage ein. Die kühle Luft tat ihm gut.

Eine halbe Stunde später erreichten sie das Haus von Edith Höllrigl. Toni Wolf hielt auf der anderen Straßenseite, der Rollsplit knirschte unter den Reifen seines Autos.

Gabriele sah hinüber zum Haus, ein kleiner Bub fuhr vorsichtig mit einem Fahrrad auf Stützrädern Runden im Garten. Sie sah Toni an, es war eine wortlose Frage, was sie nun tun sollte. Toni nickte ihr nur zu und Gabriele verstand. Sie stiegen aus und näherten sich vorsichtig dem Kind.

„Hallo", sagte Gabriele mit zittriger Stimme.

„Hallo", antwortete der kleine Junge. Toni konnte die Gänsehaut auf den Unterarmen seiner Frau erkennen.

Der Junge stoppte sein Fahrrad vor ihnen, blieb aber sitzen. Toni bemerkte, wie schmächtig er war. Sein Gesicht wirkte erwachsen.

„Wie heißt du?", fragte Gabriele ihn nun.

„Ich bin Felix. Und du?"

„Ich bin ... ich heiße Gabriele. Sind deine Eltern da?"

„Mein Papa ist tot. Mein Opa auch. Mama ist drinnen", erklärte Felix. Dann zeigte er auf das Haus und versuchte umständlich, vom Fahrrad zu steigen.

„Hilfst du mir runter?"

Gabriele lächelte und sagte mit gespielter Leichtigkeit, dass er das doch bestimmt allein könne, er sei ja schließlich schon ein großer Junge.

„Klar", entgegnete Felix, „aber ich falle manchmal hin und dabei tu ich mir weh."

Gabriele trat zu Felix und half ihm, vom Fahrrad zu steigen. Toni schien es, als hätte sie Angst, ihn dabei zu zerbrechen. So vorsichtig ging sie mit Michael nie um. Felix blieb neben seinem Fahrrad stehen, sah seiner leiblichen Mutter in die Augen und erklärte ihr, dass seine Muskeln trotz des Sports immer weniger wurden. Dann sah er zu Toni hinüber und zeigte mit dem Finger auf ihn. Diese Geste traf Toni wie ein Blitz, fast wäre er zusammengezuckt.

„Ist das dein Mann?", fragte Felix.

Gabriele nickte nur, sie konnte die Tränen kaum noch zurückhalten. Verschämt drehte sie sich um, lief zum Auto zurück und stieg ein. Toni folgte ihr, ohne sich von Felix zu verabschieden. Gabriele sah ihn an, in ihrem Blick war keine Liebe mehr, nur noch Enttäuschung, Leid und Hass.

„Wie konntest du mir mein Kind wegnehmen?", fragte sie und starrte wieder aus dem Fenster ins Leere, während Toni den Wagen startete und zurück nach Meran fuhr.

*

„Was wusste Vitus Höllrigl? Ist er deswegen gestorben?", fragte Gabriele, als sie das Auto parkten, nachdem sie die ganze Fahrt über geweint hatte. Toni schwieg, er hielt sich krampfhaft am Lenkrad seines Wagens fest und starrte stur geradeaus. Plötzlich hörten sie Michael rufen, er kam auf seinen Vater zugelaufen, in seiner Hand hatte er ein Paar schmutzige Fußballschuhe. Toni stieg aus dem Wagen, versuchte, so normal wie möglich auf seinen Sohn zu wirken.

„Hey, mein Großer!"

„Papa, du hast versprochen, dass wir Fußball spielen gehen."

„Klar. Aber nur mit sauberen Fußballschuhen. Na los! Das gehört nun mal dazu."

Michael gehorchte und lief zum Haus zurück. Gabriele saß noch immer wie versteinert im Auto. Nun kam auch Helmut Staffler hinzu, sein sonst so braun gebranntes Gesicht war fahl, er schien in den letzten Stunden um Jahrzehnte gealtert zu sein.

„Du weißt, dass es für dich nur eins zu tun gibt: Du musst von hier verschwinden. Für immer", sagte er mit brüchiger, aber bestimmter Stimme zu Toni.

„Begreifst du's immer noch nicht? Ich habe das auch für dich getan. Ich weiß doch, wie sehr du dir einen Enkel gewünscht hast. Wie wäre das für dich gewesen? Ein krankes Kind, das immer schwächer wird ... damit wärst du doch nie klargekommen."

Staffler sah ihn an, Toni erkannte, wie verletzt und aufgewühlt sein Schwiegervater war.

„Du hast keine Ahnung, womit ich klarkommen kann. Du wirst weder meine Tochter noch Michael jemals wiedersehen."

Toni versuchte, Ruhe zu bewahren. Er sah zu seiner Frau, die sich noch immer nicht rührte. Wie eine Wachsfigur stand sie nun neben dem Auto.

„Das ist meine Familie. Das geht nur Gabriele und mich was an."

„Du scheinst nicht zu begreifen, dass ich dir einen Gefallen tue, wenn ich dir die Flucht erlaube. Streng genommen mache ich mich strafbar. Aber es gibt nur diesen einen Ausweg. Verschwinde. Jetzt."

„Ich will es von dir hören", wandte er sich an Gabriele. „Sag du mir, dass ich aus eurem Leben verschwinden soll."

Gabriele sah ihn an, sie war ohnmächtig, hilflos, zu schwach, um sich gegen ihren Vater zu wehren. Dann formte sie ihre Lippen zu einem leisen „Bitte geh".

Fünfundvierzig

Sonja Schwarz erhob sich von ihrem Bürostuhl und ging hinüber zum Whiteboard. Sie nahm das Bild von Edith Höllrigl aus der Reihe der Verdächtigen und pinnte es weiter unten an die Wand, die ihren derzeitigen Ermittlungsstand widerspiegelte. Jonas trat neben sie.

„Als die Bank Höllrigl Schwierigkeiten macht, taucht er ein zweites Mal bei Frau Meixner auf. Und diesmal will er wissen, wo sein Enkel gelandet ist. Er will die andere Familie um finanzielle Unterstützung für die Behandlung von Felix bitten", begann Sonja ihre Theorie.

„Er macht so viel Druck, dass Valeria Meixner Toni Wolf nicht mehr aus der Sache raushalten kann. Obwohl sie sein Schweigegeld angenommen hat", sprach Jonas weiter.

„Richtig. Wolf muss sich selbst um die Sache kümmern. Also trifft er sich mit Höllrigl. Der hat keine Ahnung, dass Toni Wolf etwas mit dem reichen Hotelier Staffler zu tun hat."

Sie betrachtete das Foto der Familie Staffler, auf der auch Toni Wolf zu sehen war. Dann tippte sie auf das eingekreiste Gesicht: Helmut Staffler.

„Aber dann stolpert Höllrigl über diesen Artikel."

„Meinst du, Gabriele Wolf weiß von dem Kindertausch?", fragte Jonas.

„Schwer zu sagen. Wir vernehmen sie auf jeden Fall alle getrennt. Außerdem brauchen wir einen Haftbefehl für Toni Wolf."

Sonja wollte gerade die Nummer der Staatsanwaltschaft wählen, als Peter sie beide zu sich rief und auf den Fernseher zeigte.

„… in der zweiten Abstimmung, die soeben zu Ende gegangen ist, haben sich die Befürworter des Projekts im Landtag durchgesetzt. Mit einer Stimme Mehrheit wurden die Weichen für den Bau des Kraftwerks gestellt", berichtete ein Nachrichtensprecher. „Die grüne Landtagsabgeordnete Maria Senoner, die zur allgemeinen Überraschung für den Bau des Kraftwerks gestimmt hat, ist im Anschluss an die Sitzung von allen politischen Ämtern zurückgetreten."

Während Sonja mit wachsender Wut dem Bericht gelauscht hatte, hatte ihr Kollege ein Telefonat entgegengenommen. Er legte auf.

„Ein Suizidversuch im Hotel Staffler."

Sechsundvierzig

Sonja Schwarz fuhr ihren Wagen nicht, sie ließ ihn über die MeBo fliegen. Ein paar Mal lugte sie zu Jonas hinüber, der sich zwar nichts anmerken ließ, aber doch recht blass um die Nase war. Als sie mit Blaulicht vor dem Hotel Staffler hielten, atmete er erleichtert aus.

Sie sprangen aus dem Wagen, rannten in die Lobby und die Treppe hinauf, die zum Dach des Hotels führte.

Auf dem letzten Treppenabsatz erkannte Sonja Gabriele Wolf und ihren Vater, der sie davon abhalten wollte, auf das Dach zu steigen. Sie zitterte, ihre Wangen waren vor lauter Aufregung unnatürlich gerötet.

„Er ist da oben!", rief sie und deutete auf das Dach.

Nun durften sie nicht zu hektisch vorgehen. Toni Wolf, der gefährlich dicht an der Kante stand, konnte durch ihre Ankunft erschrecken und das Gleichgewicht verlieren. Sonja näherte sich ihm langsam und sprach ihn behutsam an. Der junge Mann starrte weiter in die Tiefe.

„Wir wissen, was vor sieben Jahren passiert ist", erklärte Sonja ihm ruhig. „Sie haben das für Ihre Familie getan, auch wenn es falsch und strafbar war. Aber was Sie jetzt vorhaben, wird Ihre Familie zerstören."

„Meine Familie?", entgegnete Toni Wolf unvermittelt und schüttelte den Kopf. „Ich wollte Höllrigl wirklich helfen. Aber dann hat er mir gesagt, was die Behandlung des Jungen kosten wird … ich hätte Helmut um das Geld bitten müssen. Ein Bittsteller, wie immer."

„Also haben Sie Höllrigl angelogen?", fragte Sonja. Sie musste ihn ablenken, Zeit gewinnen.

„Nein. Ich habe ihm die Wahrheit gesagt: dass ich so viel Geld nicht habe."

Jonas trat nun langsam hinzu.

„Er hat es Ihnen geglaubt. Warum auch nicht? Sie waren für ihn lediglich Herr Wolf. Das ging gut, bis er einen Artikel über das Hotel mit einem Bild von Ihnen und Ihrem Schwiegervater entdeckt hat."

Sonja nutzte den Moment, in dem Jonas das Gespräch übernahm, um sich Toni Wolf zu nähern. Dieser hatte ihre Taktik erkannt, wich vor ihr zurück und verlor einen Moment lang den Halt.

„Schon gut", sagte sie, hob beide Hände und versuchte, den jungen Mann zu beschwichtigen. Sie ging einen Schritt zurück.

„Höllrigl hat mich mitten in der Nacht angerufen. Ich sollte am Morgen zu ihm kommen. Ich bin zu ihm gefahren, er schrie mich an, dass er die Schnauze von uns allen voll habe und dass er Felix nicht im Stich lassen werde. Dann hielt er mir das Foto unter die Nase, von wegen ich hätte kein Geld, und dass wir ihm alle verdammt viel schulden würden, weil wir von der Krankheit gewusst hatten."

Toni Wolf machte eine Pause, dann fuhr er fort:

„Er zeigte mir ein Dokument, da stand etwas drin wegen der Anerkennung der leiblichen Mutterschaft und Übernahme der Behandlungskosten. Bezeugt von Valeria Meixner. Er drohte mir damit, dass nun alle die Wahrheit erfahren würden."

Sein Blick verlor sich wieder. Sonja sah Jonas an. Sie verständigten sich wortlos und bewegten sich zuerst ein paar Schritte zur Seite, dann nach vorne. Plötzlich hörten sie hinter sich schnelle, kurze Schritte. Michael hatte es irgendwie auf das Dach geschafft und rannte direkt auf seinen Vater zu. Er rief laut: „Papa!", erreichte seinen Vater und schmiegte sich an dessen Beine, umklammerte sie fest. Toni Wolf erwachte aus seiner Versteinerung und sah völlig verzweifelt zu seinem kleinen Sohn hinunter. Dann beugte er sich zu ihm und nahm ihn auf den Arm. Einen Moment lang befürchtete Sonja das Schlimmste, nämlich dass Toni Wolf Michael mit in den Tod nehmen würde. Nach unendlich langen Sekunden, in denen Toni seinen Sohn einfach nur gehalten hatte, wandte er sich von der Dachkante ab und trug ihn auf den sicheren Dachboden. Dort setzte er ihn ab, nahm seine kleine Hand und brachte ihn zu Gabriele Wolf. Helmut Staffler würdigte er weder eines Blickes noch eines Wortes. Mit versteinerter Miene beobachtete der Hotelbesitzer, wie sein Schwiegersohn einige Minuten später von zwei uniformierten Polizisten abgeführt wurde. Gabriele stand neben ihrem Vater, drückte verzweifelt ihren kleinen Sohn an sich und weinte.

Siebenundvierzig

Edith Höllrigl saß schweigend und mit glasigem Blick an ihrem Küchentisch. Sie musste die Fakten, die Sonja ihr gerade eben vorsichtig erklärt hatte, erst einmal verstehen und verarbeiten. Eine große schwarze Fliege surrte um sie beide herum. Als sie sich auf Ediths Arm niederließ, schien sie das nicht einmal wahrzunehmen, so sehr war sie in sich selbst gekehrt. Hatte sie überhaupt mitbekommen, was Sonja ihr gerade eben gesagt hatte?

„Wir haben das sehr sorgfältig geprüft. Mehrfach", sagte Sonja nun mit etwas mehr Nachdruck in die Stille hinein. Edith Höllrigl sah an ihr vorbei, schaute aus dem Fenster, ihr Blick ruhte auf Felix, der gerade vor dem Haus saß und mit ein paar Spielzeugautos ein Rennen veranstaltete.

„Papa hat das gewusst und nichts gesagt?", fragte sie plötzlich mit fester Stimme.

„Aus Liebe zu Felix", erklärte Sonja ihr. Edith Höllrigl drehte sich zu Sonja um, ihr Blick war voller Schmerz und Enttäuschung.

„Er hat es auch aus Liebe zu Ihnen verschwiegen. Er war sich sicher, dass die Wahrheit nichts an Ihrer Mutterliebe ändert."

Edith Höllrigl bewegte sich kurz, ein Ruck ging durch sie hindurch.

„Womit er recht hatte."

Mit diesem Satz erhob sie sich, ging hinaus zu ihrem Sohn und nahm ihn fest in den Arm. Felix' weises Gesicht wurde von ihren langen dunkelblonden Haaren verdeckt.

Sonja betrachtete sie, in diesem Moment erhielt sie eine Nachricht auf ihr Mobiltelefon. Riello hatte ihr einen Kartenausschnitt mit einem Standort gesendet. Er zeigte das Oval der Meraner Pferderennbahn.

Achtundvierzig

Michele Lagagna stand von seinem Chefsessel auf und stellte sich vor das riesige Foto des zukünftigen Pumpspeicherkraftwerks, das im Sarntal gebaut werden sollte. Neben dem Kraftwerk war der fiktive Stausee zu sehen. Riccardo Riello saß an seinem Schreibtisch und beobachtete den Boss, der seit dem Besuch des Dr. Varese sehr angespannt war. Das Wasser schien ihm tatsächlich bis zum Hals zu stehen, dachte Riello nicht ohne Genugtuung. Unter seinen Achseln zeichneten sich deutlich Schweißflecken ab und das lag sicher nicht nur an den sommerlichen Temperaturen, zumal das Büro der *EcoLadinia* durch eine Klimaanlage gekühlt wurde. Lagagna fuhr sich über die Stirn, dann sah er auf die Uhr. Sein Blick traf den von Riello. Sie sagten kein Wort, verzogen auch keine Miene. Es war alles gesagt. Varese würde gleich eintreffen.

„Am Ende siegt doch immer die Vernunft", sagte Varese laut, als er das Büro der *EcoLadinia* betrat. Riello hatte gesehen, wie Lagagna zusammengezuckt war.

„Angst gehört tatsächlich zu den vernünftigsten Eigenschaften, die Gott den Menschen gegeben hat", entgegnete der Boss nonchalant und überspielte seine Erschrockenheit geistesgegenwärtig.

„Im Gegensatz zur Gier", gewann Varese den kleinen Schlagabtausch. Lagnagna verstand seine Aussage offensichtlich nicht, jedenfalls blieb er still. Varese öffnete seine Tasche, nahm einen Vertrag heraus und legte ihn vor Lagagna auf den Schreibtisch. Dieser nahm ihn hoch, las ihn und lächelte.

„Damit kann ich leben."

„Dann steht der Zahlung meiner Mandanten nichts mehr im Wege. Der Transfer kann morgen stattfinden."

Das war Riellos Stichwort gewesen.

„Wenn ich mich kurz einmischen darf? Wir brauchen die beste Verschlüsselung und die sicherste Internetverbindung, die wir bekommen können. Der Standard hier im Büro ist nicht sehr hoch."

„Was schlagen Sie vor?", fragte der Anwalt.

„Wir verstecken uns in der Menge."

„Wie Sie meinen", antwortete der Anwalt kühl und verließ das Büro, bevor Lagagna ihm die Hand zum Gruß entgegenstrecken konnte.

Neunundvierzig

Genervt stieg Sonja in ihren Wagen. Sie hasste Riellos Art, ihr immer nur Teilinformationen zuzuspielen. Warum konnte er sich nicht einfach klar und deutlich ausdrücken?

Sie bog in die Zufahrtsstraße der MeBo ein und drückte das Gas durch, überholte einige Bummler und fuhr direkt nach Untermais, wo sich die Meraner Pferderennbahn befand. Auf dem leeren Parkplatz kam sie zum Stehen. Sie hatte den anderen Wagen nicht bemerkt, der im Dunkeln geparkt war und nun aufblendete. Sonja stieg aus, näherte sich dem Auto und erkannte Riello.

„Was willst du?", fragte Sonja sachlich. Ihre Zuneigung zu dem jungen Mann war am Nullpunkt angelangt.

„Ich möchte dir danken, dass du nach dem Unfall von Samuele Senoner nichts unternommen hast. Ich weiß, wie schwer dir das gefallen ist."

Er hatte sie doch sicher nicht hierherbestellt, um sich bei ihr zu bedanken.

„Das habe ich nicht für dich getan, sondern für die Familie Senoner. Und weil ich nichts gegen Lagagna in der Hand habe."

Riello zog einen USB-Stick aus seiner Jackentasche.

„Hier findest du Beweise, dass Lagagna für den Anschlag auf Samuele Senoner verantwortlich ist. Außerdem ist der Einsatzplan für morgen hier gespeichert. Das Ganze wird morgen während des Rennens stattfinden. Die Familien werden das Geld überweisen. Wir haben eine IT-Einheit im Haus versteckt, die auf Lagagnas Rechner zugreift und das Geld umleitet. Wenn die Transaktion erledigt ist, bekommt ihr ein Zeichen und könnt Lagagna und den Mafiaanwalt festnehmen. Alle weiteren Details und einen Lageplan findest du auf dem Stick."

Sonja nahm den Stick an sich und schwieg. Auch Riello wusste nicht, was er noch sagen sollte.

„Dann mach ich mich mal an die Arbeit", verabschiedete Sonja sich kühl von ihm.

„Ich hoffe, du kannst mir irgendwann verzeihen", sagte er.

Sonja wusste es nicht. Mit einem Schulterzucken wandte sie sich von ihm ab.

Fünfzig

Lagagna betrat die VIP-Loge der Pferderennbahn, begrüßte den Anwalt Dr. Varese mit einem Nicken und sah Riello kurz in die Augen. Ohne in Eile zu geraten oder sich für sein verspätetes Erscheinen zu entschuldigen, öffnete er seine Laptoptasche und holte seinen tragbaren Computer heraus. Riello sah auf seine Smartwatch und aktivierte sie. Dann wandte er sich an Varese, der ihm gegenüberstand:

„Heute gehen hier tausende Transaktionen über die Leitungen. Und außerdem arbeiten Wettanbieter mit den höchsten Sicherheitsstandards."

Varese nickte zustimmend, äußerte sich aber mit keinem Wort. Riello warf einen verstohlenen Blick zum Dach des Nebengebäudes. Er wusste, dass Sonja und Jonas dort oben standen und sie mit dem Fernglas beobachteten. Draußen wurde das Stimmengewirr der Besucher immer lauter, die zu den Wettschaltern strömten. Über die Lautsprecher wurde der Beginn des ersten Rennens angekündigt, wenige Minuten später hörte man auch schon das Klappen der Pferdeboxen, den Galopp der Rennpferde und die anfeuernde Rufe aus der Menge. Ein leichter Stallgeruch drang in die VIP-Loge, Varese verzog sofort das Gesicht.

„Was für ein Gestank", murmelte er angewidert. Riello lugte zu dem Laptop hinüber, auf dem nun die Eingabemaske eines Kontos erschien. Das Logo der Bank zeigte den Namen des Instituts und die stilisierten Caymaninseln. Lagagna drehte ihn zu Varese und bat ihn um die Bankverbindung, damit er sie seinen Partnern mitteilen konnte.

Einige Sekunden später klopfte es an der Tür zur Loge. Riello stand auf und öffnete sie, ein Kellner stand davor und schob einen Wagen mit Snacks und Getränken herein. Lagagna sah den jungen Mann ungehalten an und drehte instinktiv den Laptop weg. Der Kellner machte sich ungefragt daran, eine Flasche Champagner zu entkorken, drei Gläser zu füllen und diese umständlich vor Lagagna, Varese und Riello abzustellen.

„Geht das auch ein bisschen schneller?", fuhr Lagagna ihn an. Der Kellner reagierte nicht und stellte stoisch ein paar salzige Snacks neben die gefüllten Champagnergläser. Der Pferdegeruch mischte sich nun mit dem der grünen Oliven und der aufgebackenen Ciabatte.

Sonja und Jonas standen mit gebeugten Köpfen auf dem Dach des Nebengebäudes und lauschten den Gesprächen der IT-Experten, die sich neben der VIP-Loge in einem kleinen Raum befanden.

„Hochfahren", sagte einer von ihnen. Dann hörte man hektisches Tippen und leise Stimmen.

„Ok, Zweigstelle ist eingerichtet", sagte der Mann nun.

Einige Sekunden vergingen: Nun, so wusste Sonja, wurde das echte Logo der Bank mit dem der sogenannten Zweigstelle ausgetauscht. Ein gewiefter Bluff, durch den Lagagna glauben sollte, dass die Mafia nun um einige Millionen reicher wäre. Plötzlich ertönte die Stimme des Bosses in ihrem Kopfhörer, zwar leise, aber eindeutig sagte er:

„Dann werde ich mal den Anfang machen. Vierzig Millionen …"

Wieder hörte man das Klicken der Tastatur des IT-Experten. Soweit Sonja das Geschehen über die Funkverbindung verfolgen konnte, wurde das Geld nun umgeleitet.

Lagagna war so sehr mit der Freude über den vermeintlichen Deal beschäftigt, dass er seine Nervosität abzulegen schien. Das gab Riello Sicherheit; er schielte verstohlen auf den Laptop, dessen Bildschirm vor ein paar Sekunden kurz geflimmert hatte: ein Hinweis darauf, dass die IT-Experten die Maske der echten Bank mit der einer falschen ausgetauscht hatten. Lagagna hatte das Flimmern bemerkt, es aber für einen Wackelkontakt gehalten und ein wenig am Stromkabel gerüttelt. Als das Flimmern aufgehört hatte, entspannte sich sein Gesicht sofort wieder. Nun sah man die Gutschrift des enormen Kapitals, die Augen des Bosses leuchteten und Varese nickte zufrieden. Auch auf Riellos Smartwatch wurde der Geldeingang angezeigt. Der Anwalt hatte ein kurzes Telefonat erledigt und dann sein Champagnerglas in die Hand genommen. Lagagna es tat ihm gleich und forderte auch Riello dazu auf, mit ihnen auf den Erfolg anzustoßen.

Lagagna öffnete die Tür der VIP-Loge und ließ Varese den Vortritt. Gemeinsam verfolgten sie das weitere Renngeschehen im Hippodrom. Riello sah wieder auf seine Smartwatch, lächelte und nickte unauffällig, genau so, wie er es mit Sonja vereinbart hatte. Er hatte sein Zeichen gerade noch rechtzeitig abgegeben, denn im selben Moment betraten Lagagna und Varese wieder die Loge. Während er zufrieden Smalltalk mit dem Anwalt hielt, fuhr Lagagna seinen tragbaren PC herunter und wollte ihn einpacken. Varese stoppte ihn.

„Scusi, einen Moment bitte. Ich möchte noch ein Foto des finalen Kontostands machen."

Riello erstarrte, das bedeutete, dass alles aus war. Lagagna nickte, schaltete das Gerät noch einmal ein und tippte auf das Icon der Bank. Nun zeigte sich der wahre Kontostand von null Euro. Die Mafia-Millionen waren weg. Lagagna wurde blass und begriff sofort, wer falschgespielt hatte. Er zückte seine Waffe, um sie auf Riellos Kopf zu richten. In diesem Moment entlud sich ein Schuss, Lagagna wurde getroffen und schoss gleichzeitig, dann brach er stöhnend zusammen, fiel rückwärts gegen seinen Stuhl und blieb regungslos liegen. Auf seinem weißen Hemd entstand ein immer größer werdender dunkler Blutfleck. Erst ein paar Sekunden später nahm Riello den stechenden Schmerz an seiner Schulter wahr: Lagagnas Kugel hatte ihn gestreift. Die Tür wurde aufgestoßen, Sonja stürzte zu ihm und rief seinen Namen.

„Zufrieden?", fragte Sonja ihn, nachdem man seinen Streifschuss im Rettungswagen versorgt hatte. Riello lächelte müde.

„Übrigens", sprach sie weiter, „falls es dich interessiert: Es gibt wohl eine Chance, dass Samuele Senoner wieder laufen wird."

Erleichtert schloss er die Augen.

„Was hast du jetzt vor?", fragte sie.

„Ich werde Bozen verlassen und aus dem Blickfeld der Mafia verschwinden. Vielleicht nehme ich einfach mal eine Auszeit. Vielleicht in …"

Sonja bremste ihn mit einer Geste.

„Nein, sag es mir nicht. Keine Adresse."

„Sonja, gibt es für uns noch eine Chance?"

„Nein", antwortete sie traurig. „Tut mir leid."

Damit stand Sonja auf und ging, ohne sich noch einmal zu ihm umzudrehen. Es war vorbei.

Einundfünfzig

Es war gegen sechzehn Uhr an diesem Freitagnachmittag, als Sonja sich zum ersten Mal zurücklehnte. Die Lehne ihres Bürostuhls quietschte ein wenig unter dieser minimalen Belastung. Hatte sie ihn in letzter Zeit tatsächlich so selten benutzt, dass er eingerostet war?

Sie speicherte die Dateien und kopierte sie in den Ordner mit den abgeschlossenen Fällen. Lagagna ist tot, schoss es ihr kurz durch den Kopf, und Riello wird sich nicht mehr in mein Leben einmischen. Sie empfand bei diesen beiden Gedanken weder Trauer noch Wut oder Genugtuung. Es waren Tatsachen, die sie nun in möglichst kurzer Zeit verarbeiten würde. Warum musste sie immer so rational denken, schimpfte sie mit sich selbst. Was bist du nur für ein Roboter geworden?

Sonja verließ das Büro, ging ohne Eile die Stufen hinunter zum Parkplatz vor dem Präsidium. Als sie sich ihrem Auto näherte, erkannte sie Laura, die sich mit offenem Haar und in kurzen Jeans lässig an ihre Fahrertür lehnte.

„Mama!", rief sie strahlend.

„Laura, was machst du denn hier? Wie schön, dich zu sehen."

Sie umarmten sich fest und plötzlich zerbrach etwas in Sonja. Trotz der Sommerhitze bekam sie eine heftige Gänsehaut und konnte plötzlich die Tränen nicht mehr zurückhalten.

„Mama", sagte Laura besorgt und suchte nach einem sauberen Taschentuch, „was ist denn? Ist etwas passiert? Ist alles in Ordnung? Komm, setz dich ins Auto."

Sonja trocknete ihre Tränen, entschuldigte sich schniefend und lächelnd bei ihrer Ziehtochter und nahm sie noch einmal in den Arm.

„Nein, alles ist gut. Jetzt zumindest. Es waren einfach nur ein paar sehr harte Wochen und ich habe dich schrecklich vermisst. Komm, wir trinken da vorne etwas und dann erzählst du mir von Frankreich, okay?"

*

Edith Höllrigl und Gabriele Wolf saßen nebeneinander auf einer silbern glänzenden Bank vor dem Hotel Staffler. Sie hatten sich hier mit Sonja Schwarz verabredet. Michael und Felix waren miteinander zu den Wasserspielen gegangen und quietschten vor Vergnügen.

Sonja kam auf die beiden Frauen zu, mit ein wenig Abstand folgte ihr Laura mit einer Schwimmtasche.

„Danke, dass Sie noch einmal vorbeigekommen sind, Frau Schwarz."

Sonja lächelte und deutete auf Laura.

„Gerne. Bei dieser Gelegenheit haben wir uns einen Thermentag geschenkt."

„Wir haben gerade darüber gesprochen, ob es nicht eine gute Idee wäre, wenn Edith und Felix zu uns ins Hotel ziehen", erklärte Gabriele. Ihr Gesicht war nun nicht mehr so blass wie noch vor einigen Tagen, sondern hatte eine sommerliche Bräune angenommen. Eine zentnerschwere Last schien von ihr gefallen zu sein. Edith Höllrigl lächelte gerührt.

„Ja. Vielleicht ist das ein Weg", sagte Sonja und nickte. „Ich wünsche Ihnen allen viel Glück. Und viel Kraft."

Ende

Corrado Falcone
Herz-Jesu-Blut
Der Bozen-Krimi | Band 1
ISBN: 978-88-7283-591-3
ISBN E-Book: 978-88-7283-254-7
320 Seiten
Euro 9,90

Corrado Falcone
Am Abgrund
Der Bozen-Krimi | Band 2
ISBN: 978-88-7283-597-5
ISBN E-Book: 978-88-7283-624-8
432 Seiten
Euro 9,90

www.raetia.com